初恋ソムリエ

初野 晴

角川文庫
16936

目次

スプリングラフィ 5
周波数は77.4MHz 65
アスモデウスの視線 131
初恋ソムリエ 209
解説 大矢博子 295

主な登場人物

穂《ほ》村《むら》千夏《チカ》……清水南高校二年生。廃部寸前の吹奏楽部で、吹奏楽の〝甲子園〟普門館を夢見るフルート奏者。春太との三角関係に悩んでいる。

上条春太《かみじょうハルタ》……〃　千夏の幼なじみ。ホルン奏者。完璧《かんぺき》な外見と明晰《めいせき》な頭脳を持つ。千夏との三角関係に悩んでいる。

草壁信二《くさかべしんじ》郎《ろう》……清水南高校の音楽教師。吹奏楽部顧問。

片桐圭介《かたぎりけいすけ》……清水南高校三年生。吹奏楽部部長。

成島美代子《なるしまみよこ》……〃　二年生。中学時代に普門館出場の経験をもつオーボエ奏者。

マレン・セイ……〃　中国系アメリカ人。サックス奏者。

芹澤直子《せりざわなおこ》……〃　クラリネットのプロ奏者を目指す生徒。

檜山界雄《ひやまかいゆう》……〃　一年生。芹澤の幼なじみ。不登校が原因で留年。

日野原秀一《ひのはらしゅういち》……〃　三年生。生徒会長を務める。好きな言葉は天上天下唯我独尊。

麻生美里《あそうみさと》……〃　二年生。地学研究会の部長。ヘルメットを被る美少女。生徒会執行部にマークされているブラックリスト十傑の一人。

朝霧亨《あさぎりとおる》……〃　三年生。初恋研究会代表。ブラックリスト十傑の一人。

スプリングラフィ

年をとった馬が売られて挽《ひ》き臼《うす》をまわすことになった。臼につながれた自分の姿を見て馬はみじめな運命を嘆いた。かつて競走場をまわる華やかな生活をしていたのに、いまは石臼のまわりをまわっている。なんという落ちぶれ方だろう、と馬は思った。

——いつの日の記憶だろう。家の中でだれかがこの童話を読んでいた。

家は祖父が支配する厳格な空気が漂っていた。忙しくて月に数日しか帰ってこない父は取り巻きを大勢連れてくる。だけどふたりは私には優しくて、玩具《おもちゃ》や服をねだれば大抵買ってくれた。……ようやく思い出した。読んでいたのは母だ。旧家に生まれて何不自由なく育った母。大学時代にミスキャンパスに選ばれ、若くして結婚した母。次第にひとり言が増えて、私が十歳になる前に家を出ていった母……

どうしてあんな童話をひとりで読んでいたのだろう。なぜまだ未来のある子供の私に向かって聞かせてくれたのだろう。母がいなくなった家はすぐ元通りになった。父が再婚したのだ。相手の女は母よりもっと若くて美しかった。そして私に弟が生まれ、家の中は前より賑《にぎ》やかになった。

いま考えれば私はあのときから呪われてしまったんだと思う。私たちは日々年をとっているけれど、いったい人生のいつ頃から、年をとることが老いることになるのかわからなくなった。

私は母のようになりたくなかった。議員時代の余光を引きずっている祖父のようにも、仕事の実力を過信している父のようにもなるつもりはなかった。挽き臼をまわす馬になりたくなければ、年齢とともに成熟し、磨きがかかってくるような技能、あるいは文学、芸術に関わる未来を描けばいい——

だから私は、音楽という苦難の道を歩むことに決めたのだ。

1

新入生の皆さんへ。

県立清水南高校にようこそ!　この冊子には、さわやかに、ひたむきに、懸命に、部活動に取り組みたい新入生のための勧誘行事の日程を載せています。入部する部活動を迷っているあなた、本命を決めているあなたも、参加を心待ちにしています!

文化部一同

文化部一同は職員室に集められ、犯罪者みたいに頭《こうべ》を垂れていた。

生活指導部の先生が丸めた冊子を手のひらでぽんぽん叩《たた》きながら、みんなを睨《ね》めまわす。頭蓋骨《ずがいこつ》まで筋肉が詰まっていそうで、竹刀がアクセントとしてよく似合う先生だ。教員の採用試験には生活指導部用の特別枠でもあるのかと疑ってしまいそうになる。つまり見た目から、まず怖い。先生の前では、新聞部、ペン画部、フラワーアレンジメント愛好会、鉄道研究会、天体観測部……などなど、普段の活動が地味で目立たない面々が一列に並んで反省していた。

吹奏楽部のわたしは列の端でひとり、できるだけみんなから離れて窓に視線を投じていた。薄く透き通ったピンクの花びらが一枚、春を運んできたレターシールみたいにぺたっと張りついている。なんだろう、この惚《ほう》けた感じ。春休みは不思議なもので、学校生活の中でぽっかりと空いてしまったエアポケットに似た数日間がある。窓の外では入学前の物品購入、制服の採寸を終えた新入生と保護者の後ろ姿が歩いていた。正門につづく通路には木立が並び、桜はもちろん、梅や花水木など花の咲く木が植えられている。

「正座させられないだけマシと思え」先生の下っ腹に響く胴間声で現実に引き戻された。よそ見していたわたしかと思ったが違った。「……だいたい部活動の勧誘は四月の第二週からだと決まっているはずだぞ」

先生の言葉にインク染みのついたエプロン姿の部員が唇を尖《とが》らせる。ペン画部で同級生の希《のぞみ》だった。一列に並んだみんなも、途端にふて腐れた顔になる。

「な、なんだ？　お前ら、反論でもあるのか？」

希の口からは反論ではなく、恨めしげな声がもれた。「……毎年、大目に見てもらっているのに」

「だよね」と、くすぶっていた不満が彼女の横一列に伝染する。「どうして今年だけ叱られるの？」「二年生のクラスがひとつ減る一大事なのに」「それって私たちには死活問題よ」「先生はわかってない」「ぜんっぜんわかってくれない」「こうしている間にも新入生が……」

ちまちまと、ねちっこい抵抗がはじまった。

勧誘を無理にせずとも新入生が勝手に集まってくる人気部があれば、存在自体をアピールしなければならない不人気部もある。前者はテニス部やサッカー部のような大所帯の運動部で、後者はここにいるマイナーな文化部だ。故に勧誘はかなり必死になる。入学前にあたる今日の勧誘活動は、例年なら不文律として先生に見逃されてきた。

丸めた冊子を手のひらで強く叩く音がした。生活指導部の先生が憤然として、嘆息する。

「物事には限度があるんだ。保護者からクレームがあったんだぞ」

「……クレーム？」上目遣いでくり返す希の顔には引っ掻《か》き傷があった。

「お前らが体育館の渡り廊下でやった騒ぎだ」

「冊子とチラシ配りですか？　そりゃあ、ちょっとは興奮しましたけど」

「興奮しすぎだ。ジャッキー・チェンの木人拳《もくじんけん》みたいに暴れてどうするんだ」

みんなが顔を見合わせる。木人拳？　知ってる？　知らないよね。

生活指導部の先生がぐっと喉《のど》の奥で呻《うめ》き、「クレームはまだあるぞ。お前らのその恰好《かっこう》はなんだ？」

鉄道研究会は駅スタンプを押しまくった揃《そろ》いのTシャツ、フラワーアレンジメント愛好会は花冠と花の首飾りをしていた。羽目をはずしているけれど、ひと目で楽しそうだとわかるアピールをしなければ生き残れない。一年生のクラスが今年からひとつ減る。その情報が入ったのは先週末だ。部員獲得に向けて、みんな危機感を募らせている。長々としたため息のあと、全身に白粉《おしろい》、赤ふんどし姿の男子生徒が進み出た。演劇部の部長、同級生の名越《なごえ》だった。

「まさか服装や見た目で人を判断するんじゃないですよね、先生？」

「それは貧しかった戦後の話だっ。現代じゃ、服装や見た目も貴重な情報のひとつなんだよっ」

生活指導部の先生が名越の両肩を揺さぶり、よせばいいのに名越が抵抗して、赤ふんどしの紐《ひも》が外れそうになる。列から悲鳴があがった。先生が慌てて締め直し、みんなでほっと一息ついたのもつかの間、今度はうっと泣き出しそうな声がもれる。

「ク、クレームの三つ目だ。途中から乱入して、『男だ。男がほしい』と叫んでいた女子生徒はだれだ？」

わたしは小さく手を挙げた。

「穂村《ほむら》、まさかお前……」

ぶるぶると首を横にふって弁解しようとすると、希がわたしを庇《かば》う恰好で立ちはだかった。

「チカを誤解しないで。チカは好き好んで、そんな言葉をいったんじゃありません。その結論に至るまで、それはそれは長い過程があるんです」

「吹奏楽部も大変よね」天体観測部の部長が同情して近づいてくる。みんなもつられて集まってきた。

「部員がすくないうえに、女子ばっかりでしょ？」一眼レフのカメラを首から提げた新聞部の部員がわたしの代わりに説明してくれた。

「過程をどう端折《はしょ》ったら、そんな結論になるんだ？」赤ふんどし姿の名越が加わった。

「最初と真ん中と最後を端折ったらそうなるんです。一分一秒を争う勧誘の世界じゃ、省略は仕方ないんです」

希が訴え、名越が「……跡形もないな。まあ、今度の寸劇で使えそうだ」と赤ふんどしからネタ帳を出してメモを取る。

「終わったか？」生活指導部の先生がわたしたちの間に割って入った。「お前らの奇行をそんなふうに総括されても困るんだよ。な？　頼む。一年前の入学したてだった頃の素直な子に戻ってくれ」

もう素直な子に戻れないわたしたちは、三十分くらいこってり絞られてから、職員室をぞろぞろとあとにした。

2

立ちどまってふり向く過去は一瞬だ。そこに早いも遅いもないと思う。

だから高校に入学して、一年があっという間に過ぎてしまったなんて寂しいことはいいたくなかった。

わたしの名前は穂村千夏《チカ》。中学時代は年中無休、二十四時間営業の日本企業のような苛《か》烈《れつ》なバレーボール部に所属していた。プロスポーツにさえシーズンオフがあるのに、どう考えても腹立たしく思え、高校入学を機に女の子らしい部活に入ろうと心に決めた。それで入学祝いに買ってもらったフルートを片手に吹奏楽部の門を叩いた。吹奏楽ならクラシック音楽のようなハードルの高さはないし、音楽のジャンルは問わない。ジャズだって歌謡曲だってできる。管楽器なら高校からはじめてもそれなりに音は出せるだろうし、まだわたしにも間に合う気がしたからだ。

屋上から聞こえるホルンの音色を追って、春休みの人気のない校舎の階段を上がっていく。すべての音を出すのは難しい楽器だけど、彼は入学当初から三十二拍のロングトーンという無駄な特技ができて先輩を驚かせた。ソルフェージュして狙って吹くし、高音域も外さない。

階段の踊り場で立ちどまったわたしは、壁に背をもたれてホルンの音に耳を澄ませた。開いた窓から風が吹き込み、風圧がわたしの前髪を押す。春の空気はまだちょっと冷たい。中学時代はショートが似合いすぎていた髪も、いまでは肩に届くまで伸びた。

この一年間のことを思い出した。

吹奏楽部は部員不足のため廃部寸前の崖《がけ》っぷちにあった。その危機を乗り越えた原動力は、わたしたちの入学とともに学校に着任した、音楽担当としてはめずらしい若手の男性教師の存在だった。草壁信二郎《くさかべしんじろう》先生。二十六歳。学生時代に東京国際音楽コンクール指揮部門で二位の受賞歴があり、国際的な指揮者として将来を嘱望されていたひとだ。なのに海外留学から帰国後、それまでの経歴をいっさい捨てて数年間姿を消したあと、この学校の教職についた。理由はわからない。本人も口にしたがらない。ただひとつはっきりしているることは、わたしたち吹奏楽部のやさしい顧問であることだ。そんなすごい経歴を持ちながら尊大さやおごりのかけらも持たないし、わたしたちの目線に合わせた言葉で話してくれる。それは、とてもうれしい。もちろん吹奏楽部のみんなは慕っているし、わたしはみんなの知らない草壁先生のいいところをいっぱい知っている。

　そんな草壁先生と部員集めに奔走して、秋にはオーボエ奏者の成島《なるしま》さん、冬にはサックス奏者のマレンという素晴らしい仲間が加わった。成島さんは日本のアマチュア吹奏楽界では最高峰のコンクールである全日本吹奏楽コンクールの全国大会、俗にいう普門館の経験者で、中国系アメリカ人のマレンは元プロのサックス奏者の父親を持つ。ふたりの即戦力の参加は、噂を聞きつけた吹奏楽の経験者が終業式前に入部を申し込みにきてくれたほどの影響力があった。

　部員が増えるにつれてわたしたち吹奏楽部のみんなは、草壁先生を再び表舞台に立たせてあげたいと密《ひそ》かに思うようになっていた。それは普門館の黒く光る石張りのステージだ。わたしたちの青春をかけた最高の舞台に、指揮者として立ってもらえたらどんなに素敵で、どんなに誇りに思えるだろう。想像しただけでも胸が高鳴る。

　しかし現実問題として部員は十七人。五人からの末期的なスタートを考えると感慨深いものはあるけれど、全国大会につながるコンクールのA部門――五十五人を上限とするバンド編成にはほど遠い。全国大会を狙う高校の吹奏楽部は、すでに二月にはコンクール課題曲の総譜とパート譜を手に入れて夏の予選大会に向けた練習をはじめている。その練習は運動部に劣らずハードで、部活動の中で学校にいる時間が一番長い。三十五人を上限とするB部門の参加でさえ危ういわたしたちは完全に出遅れている。

ファン……と、屋上から聞こえるホルンの演奏が急に変わった。下に下に音域を広げていき、一オクターブの低音を主体としたメロディになった。わたしたち吹奏楽部は低音パートが不足している。とくにユーフォニアムと打楽器とクラリネットは歯抜けの状態に近く、それらの楽器は壊れて修理に出せないまま音楽準備室に眠っている。屋上から聞こえるホルンの音は、限られたバンド編成の中で、自分がどんな形で貢献できるのかをイメージしていた。彼ばかりじゃない。出場できるかどうかわからないコンクールに向けて、毎日みんな部活動に励んでいる。

頑張りまーす、のようなポーズなんかいらない。やると決めて、洗面器に顔を突っ込んで上げない者が勝ちなのだ。それは中学のときのバレーボール部時代に学んだ。いまの吹奏楽部のメンバーもわかっている。草壁先生が顧問についてくれているのに、普門館の挑戦権を一度も持てないまま卒業してしまうのは悔しい。それだけは、きっと悔いが残る。

夢を憧《あこが》れのまま終わらせたくない。

諦《あきら》めるなら、本気で挑戦してから諦めたい。A部門の地区予選大会に出たい。

その最初の一歩を踏もう。それがいまの吹奏楽部のメンバー全員の決意表明だった。わたしにだって、みんなのためにできることはある。

屋上に通じる鉄扉のノブに手をかけた。普段は立ち入り禁止で、使用するには職員室で管理されている鍵《かぎ》を借りなければならない。案の定、今日は鍵がかかっていなかった。合唱部や吹奏楽部のメンバーはよく練習に使うので、理由をつけて鍵を借りやすいのだ。重い鉄扉を押し開けた途端、眩《まぶ》しい光と吹き込む風に全身が包まれた。ホルンの音色を追って高いフェンスに囲まれた屋上を捜す。いつもそばで聴いている身としては、今日は柔らかい響きがあまりしない気がした。

首をきょろきょろまわして、出てきたばかりの階段室を見上げる。錆《さ》びた粉が浮いていそうな鉄梯子《ばしご》に躊躇《ちゅうちょ》したが、近づいてよく見ると雑巾《ぞうきん》かなにかで拭《ふ》いたあとがある。手をかけて上って顔を出すと、そこにハルタ——上条春太《かみじょうハルタ》の後ろ姿があった。わたしをいまだチカちゃん呼ばわりするハルタとは六歳まで家が隣同士で、高校で再会した幼なじみだ。そして、廃部寸前だった吹奏楽部を立て直したもうひとりの功労者でもある。右手を入れたベルがこっちを向いていた。ホルンの音量に負けないようハルタに声をかけた。演奏はとまらない。もう一度声をかけた。微塵《みじん》も反応しない。本当に聞こえないのだろうか。片方のスリッパを脱いで大きくふりかぶってみる。

ハルタが素早い身のこなしでふり向き、演奏がとまった。なんなのよ。どうやらぴかぴかに磨いたホルンの管にスリッパの先が映ったようだった。

「首尾はどうだった？」

ハルタが近づいて手を差し出してきた。こういういまどきの高校生らしくない動作が自然にできることに感心する。わたしはハルタの手につかまって階段室の屋上に立った。一陣の風がふたりの間を吹き上げた。風がわたしの髪をなぶり、片手で押さえる。

「……チカちゃん？」

ハルタの声が耳を素通りする。まわりを見まわして息を呑《の》んでいた。ほんの数メートル高くなっただけで空が近くなったことに驚く。静かな校舎、真っ青な空——小さな無人島に漂着した感覚だ。

我に返ってハルタを見つめる。「ぜんっぜん駄目」

「駄目って、なにが駄目なの？ いったいどんな勧誘をしてきたの？」

あの失態だけは口が裂けてもいえない。

「いまならもれなく全員、コンクールのスターティングメンバーだよ。こんな部活動ってある？……って」

ふたりで同時にため息をついた。

「おかしいよね」切り取ったような青空の下、わたしは親指の爪の先を噛《か》んでつぶやく。

「日本の人口の十分の一は吹奏楽の経験者なんでしょ？ わたしひとりでも楽勝だったはずなのに」

「去年の苦労をなんだと思ってるんだ」

気が滅入った声でいわれ、わたしは肩をすくめて悄気《しょげ》る。わかっている。わかってはいるんだけれど……。「やっぱり、あのミニコンサートをやらなきゃ駄目？」

「いい出しっぺはチカちゃんじゃないか」

「だよね」

わたしたち吹奏楽部にとって今年度の新入生獲得は重要だ。コンクールのA部門に出場できるバンドになれるかどうかの正念場でもある。前もってクラスメイトの弟や妹に根まわしをしたり、中学の吹奏楽部を訪ねたりしてきたけれど限界があった。そこで新入生獲得の切り札のひとつとして考えたのが、ハルタとマレンの二重奏だった。新学期がはじまったら校内でゲリラ的に行う。

わたしはちらりとハルタを見やる。

ハルタはホルンを抱えて眩しげに目を細めながら空を見上げていた。本人は童顔で背が低いことを気にしているが、女のわたしが心から欲しいと思うパーツをすべて持って生まれている。さらさらの髪にきめ細かい肌、形のいい眉《まゆ》、長い睫毛《まつげ》に二重まぶた、そして端整で中性的な顔立ち。ペン画部の希が鼻息を荒くしながらスケッチしたほどだ。一方マレンは長身で、どことなくアジア系俳優を思わせる静謐《せいひつ》な雰囲気がある。このふたりによる二重奏だ。悪徳プロモーターになった気分で試しに公園で演奏させてみた。選曲は流行《はや》りのガールズバンドのポップス。軽音楽部から借りた譜面を一日眺めただけで暗譜とアレンジを済ませてきたふたりもすごいけれど、ランニング中の運動部の女子中学生たちが全員足をとめたとき、滑り台に身を潜めていたわたしは思わずガッツポーズをして興行、もとい勧誘の成功を確信した。女子ばかりが集まるだろうけど、数さえ集まれば脈のありそうな新入生は必ず出てくる。

しかし日が経つにつれて、この安易な集客方法を後悔しはじめるようになった。新入生勧誘という大事な場面で楽をしてしまうと、これから先、致命的な欠点を吹奏楽部が抱えそうな気がした。この勘も中学のときのバレーボール部時代に培ったものだ。

なにより放っておけない重大な問題がある。

「あんた目当てで入部してくる娘、いっぱい出てくるわよ。中には積極的な娘がいるかもよ。あんたの片想いの相手を知って、トラウマになっちゃったらどうするのよ？」

かなり長い間、瞬きばかりしていたハルタがぽつりとつぶやいた。「チカちゃんの仕事が増えちゃうね」

それを聞いて、わたしは苦み走った顔になる。学校でハルタの秘密を知るのはわたしひとりだ。そのことで一度、ハルタが不登校になりかけたところを救ったことがある。以来わたしはハルタから彼の爆弾処理係に任命された。

「……かわいい新入生を、誘蛾灯に引き寄せるみたいで気が引ける」

「誘蛾灯？　たとえが悪いよ。だいたいぼくは歳上しか興味ない」

その言葉に禍々《まがまが》しさを感じたわたしは、自分の顔がすうっと青ざめるのを自覚した。

「わたしだって歳上が好き。十歳は離れていなきゃ駄目だからっ」叫んでしまってから、あっと気づく。こいつとまともに張り合ってしまった。

ハルタがすこし照れた表情になって頭の後ろのほうを掻《か》いた。「まいったな。これって幼なじみの宿命かもね。理想がぴったり合うなんて」

「合いたくない。いやっ、いやあっ」わたしはハルタの胸ぐらをつかむ。「あんた、わたしの青春に喧嘩《けんか》売ってるでしょ」そして激しく首をぐらぐらと揺らした。「お願い。わたし以外のだれかと付き合って」

「ひぬぁりにゃにふぉ《いきなりなにを》、ふひゃほえ《チカちゃん》」

「女はいいぞ。女は」

草壁先生に片想いをしている生徒ふたりが、校舎の一番目立つ場所で醜い喧嘩をはじめた。グラウンドにまばらにいた新入生や保護者がぽかんと見上げている。カップル？　痴《ち》話《わ》喧嘩？　あら若いわねえ。仲いいわねえ。

無駄な息切れをふたりでくり返した。

「いったいなにしにきたの？　首を絞めにきたの？」ホルンを大事そうに守るハルタが涙目でいい、「違うから」とわたしはハルタの身体をぐいと押し、制服のポケットから一枚の写真を取り出した。

それは、校舎を真下から見上げるアングルで撮った写真だった。周囲の桜の木々の枝が写真の両側に入り、もこもこした花びらと、高く感じさせる校舎と青空が綺麗《きれい》な調和を保っている。

「一眼レフの広角だ」

のぞき込んだハルタが目を輝かせ、あんたの興味はそこなんだ、と鼻白みそうになる。

「さっき職員室で会った新聞部のひとがくれたの」

「職員室？　なんで？」

わたしの顔がかっと赤くなり、「いいじゃない。とにかく、朝の八時頃に撮ったんだって。いっておくけど、わたしたちの練習がはじまる前だからね」

「朝の八時に、新聞部が……」ハルタが写真から目を離し、正門のほうに首をまわして帰っていく新入生や保護者の姿を確認する。「ふうん。なるほど」

「ちょっと。ほら。写真を見てなにか気づかないの？」

ようやくハルタが注意深く観察してくれた。やがて目線が一点に固定する。それは音楽室の窓だった。二重ガラスの窓の向こうで、人影が背をつけた感じで写っている。

「ね？　これではっきりしたでしょ？　やっぱり、わたしたちが音楽室にくる前にだれかが侵入してるのよ」

その痕跡《こんせき》が見られるようになったのは春休みの初日からだった。春休みの間の音楽室は、午前中は吹奏楽部、午後は合唱部に割り当てられている。ゆえに音楽室の鍵《かぎ》を開けるのは、一番早くきた吹奏楽部の部員の役目だ。音楽室の鍵は職員室にあり、鍵開け当番の先生にひと言いってから鍵を取って向かう。ところが音楽室の鍵がない日が何日かあった。先にだれかがきているのかと思って音楽室に向かうと、鍵がかかっていて入れない。首を傾げながら職員室に戻ると、あるはずの場所に鍵がある、といった具合だ。

かわいそうなのは、いつも朝一番にくる吹奏楽部の部員だ。自分が馬鹿になったかと勘違いして、一階の職員室と四階の音楽室を何度往復したことか。

「よかったね。チカちゃんの疑いが晴れて」

ハルタがいい、わたしは首を何度も縦にふる。

「ようするにチカちゃんが、音楽室を利用しただれかとすれ違いになっていたわけだ」

わたしはまた、首を縦にふる。ハルタは吐息とともにつづけた。

「鍵開け当番の先生のチェックは甘いし、壁にかかった鍵入れをずっと監視しているわけじゃないし、職員室を離れるときだってあるからね……」

「だれかが無断で借りたってわけ？」わたしはふくれた。こっちは真面目にルールを守ってやっているのに。

「学校に自由に出入りできる関係者かな」ハルタがいった。

「先生じゃないよ。わたし、校舎にいる先生に全員確認したもん」全員といっても春休みだからたかがしれている。

「じゃあ生徒だ」

「朝早く？　普通の生徒なら家で二度寝し放題なんだよ？」　わたしは食い下がる。「だいたい吹奏楽部以外で、わたしより先に音楽室へいったいなんの用があるっていうのよ？」

「二度寝より大事な用があるんだろうね」

　やけにあっさり流すハルタを見て、彼がこの問題にあまり執着していないことに気づいた。ちょっと待って。人気のない校舎で、だれとわからない人物とわたしが鉢合わせになる可能性があるのよ？　気味が悪いし、そのひとがケダモノみたいな男で、わたしに危害を加えたらどうするの？

　そんなわたしの不安なんてどこ吹く風なのか、ハルタは写真をひらひらさせている。口《くち》許《もと》に微笑を浮かべていた。感じの悪い笑みだった。

「なによ……」虫の居所がだんだん悪くなる。

「いや、なんでも」

　ハルタが鼻の頭をこすりながら言葉を濁す。なによなによ。草壁先生に相談する前に、こいつに相談したわたしが馬鹿だった。

「もういい」小声でいって帰ろうとすると、ハルタがごめんごめんと呼びとめてきた。

「だいじょうぶだよ。なにも心配はいらないから」静かな声、真剣な目。

「え……」

「その生徒はさ、たぶん――」ハルタがまぶたを閉じてつづける。

「……たぶん？」固唾《かたず》を呑《の》んだ。

「ぼくたちにとって春の幻なんだよ」

「は？　まぼろし？」

「ああ。ずっと居てほしいという願いもむなしく、儚《はかな》い夢に終わってしまう」

あまりに突拍子もなく――なにかを暗示するようなことを真顔でいうので、わたしはうろたえてしまった。このときはまだハルタの言葉の真意を知る由もなく、

「ごめん。もうすこしわかりやすく」

「妖精《ようせい》の靴屋さんってグリム童話を知らないの？　貧しいけれど慎ましく練習している吹奏楽部のために朝早くこっそり音楽室を掃除してくれたり、使えなくなった楽器を直してくれているんだ。心温まる話だね。予算を独り占めしているサッカー部や野球部に聞かせたい話だね」

そうだよね。文化部のみんなにも聞かせたい話だよね。

「蹴《け》っ飛ばすわよ。せーの」

わたしに危害が加えられる前に、せめてこの馬鹿にも危害を加えてやろうと決心したとき、小さなマウスピースをくわえたハルタがいきなりファンファーレを鳴らした。わたしは思わずびくっとして首をまわす。校舎からホルンのファンファーレに応《こた》えるように、パ

パパパッと管楽器の中で一番音が大きなアルトサックスの音、つづいて肉声のようなオーボエの音色が響いたからだった。マレンと成島さんだ。この時間、みんなは広い校内に散らばって個人練習をしている。ときどき三人が合図を出し合って、アンサンブルの即興をはじめることは知っていた。

「い、いきなりなんなのよ？」

「チカちゃんのおかげで、もうひとつの春休みの謎が解けそうなんだ」

マウスピースから口を離したハルタが向かいの旧校舎を見つめていう。もうひとつの春休みの謎……？　わたしはその場で目をしばたたかせた。それまで目の前を覆っていた霧が急速に晴れていくように、あることに気づいた。

どうしてハルタは、こんな高い場所で練習をしているんだろう？

今日は柔らかい響きがあまりしない――さっき思ったのは、ここが学校の屋上だからだ。それも階段室の屋上という一番高い場所になる。周囲になにもないこの空間は、ホルンの練習に向かない。ベルが後ろ向きのホルンは、音を反射させる壁や物体がないと音のカドが取れないのだ。なによりここでは鉄梯子《ばしご》の上り下りで大切なホルンを落としかねない。

わたしの目がハルタの足下に動く。ファイルで綴《と》じたパート譜、円錐《えんすい》状に飛び出した形のケース。その脇に奇妙なものを発見した。コンパクトタイプの双眼鏡だった。以前、吹奏楽のコンサートで使っていたもの……

「実は昨日から、ぼくたちのアンサンブルにある楽器が加わるようになった」

そういってハルタはマウスピースをくわえた。ダブルタンギングが正確なリズムを刻み、木管のアルトサックスがそれにかぶる形で音の厚みを増していく。ふたりの低音が奏でた主題にオーボエが割り込んできて、清流のようなソロをさらっていった。オーボエの旋律を追うアルトサックス。距離をおいてリズムをとる牧歌的なホルン。グラウンドで練習をしていた野球部の部員が、おや、なんだろうと首を傾げる。この三つの組み合わせはめずらしい。音域的にはカバーできるだろうけど、オーボエが交じった三重奏の曲目はちょっと想像つかない。たぶん強引なアレンジだ。

案の定アルトサックスがテンポを上げたのを皮切りに、三人の音は猛烈な個性を主張し合うようになった。支配権は譲らないよ、とアルトサックスが積極的なヴィヴラートをかけて校舎を震わせると、ピッチをもっとこっちに合わせて、とオーボエが繊細な歌心で訴え、大切なのはバランスだって、合わせていこうよ、とホルンが雄弁に語りかける。音と音の狭間《はざま》からそんな表情と声が聞こえてくるようだ。確かに音量が不足しがちなオーボエは苦労していた。

しばらく聴き入っていたわたしは、はっと息を呑む。

旧校舎のどこからか、オーボエに加勢する旋律があらわれた。柔らかな音、オーボエと同じく線の細いヴァイオリンのような音色が風に乗って運ばれてくる。オーボエはすぐ反応し、ふたつに重なった音は、アルトサックスに楯突《たてつ》くように情緒たっぷりのヴィヴラートを奏でて聴かせた。グラウンドの野球部の部員は完全に聴き入って手をとめている。わたしも時を忘れていた。途中から入ってきた楽器はどこかで聞き覚えがあった。でも、すぐには思い出せない。わたしたち吹奏楽部にはない音……

ハルタの目の合図で、わたしはとっさにコンパクトタイプの双眼鏡を拾い上げた。音の方向を探しながら、音楽準備室で眠っているクラリネットを脳裏に浮かべる。まさかとは思った。ところどころ壊れて管体にはひびが入っていた。吹いてくれるひとがいなかったから、いままで修理に出せずにいた。

双眼鏡の視界を旧校舎に這《は》わせていく。もどかしくなって倍率を下げると、二階の廊下にショートヘアの女子生徒の姿があった。今度は倍率を上げてみる。横顔がアップに映った。猫を思わせるような少女で、若干切れ長の目が挑発的でもある。彼女は半分開いた窓のそばでたたずみ、木管楽器を吹いていた。大きさがフルートと同じくらいの縦笛の形は、やはりクラリネットに思えた。

オーボエが彼女にソロを譲り、軽やかで速く、独特の運指が双眼鏡の視界の中で展開される。すごいと感じた。半音のさらに半分に分割した音程で、ひとつのミスもせずに即興演奏している。

これだけうまければ彼女の名前くらい知っていてもいいはずだった。なのに浮かばない。

日本の人口の十分の一とはいわずとも、毎年入学してくる生徒で吹奏楽の経験者が結構いることは事実だ。しかしその経験者が高校でもつづけるかどうかは別の話で、部活動そのものに興味をなくしたり、中学時代にできなかった運動部に入ってしまうケースは意外と多い。わたしたちが部員獲得で最初にあたったのはそういった経験者だし、成島さんやマレンもその中に含まれていた。

だから彼女ほどの奏者なら、噂に聞いていてもいいはずだった。ましてやクラリネットならなおさらだ。

「……春休みに補習を受けてる生徒？」

双眼鏡を両目に押しつけながらぽつりというと、ハルタがマウスピースから口を離す気配がした。

「チカちゃんの話から推測するとそうなるね。ようやく腑《ふ》に落ちたよ」

彼女が早朝から登校している理由がわかった。わたしはごくっと唾《つば》を呑む。

「……まだ補習の時間だよね？」

「退屈で教室を抜け出したんだと思うけど」

「もしかして頭悪いの？」

ハルタがホルンの倍音をブッと外した。

春の幻。ずっと居てほしいという願いもむなしく、儚い夢に終わってしまう……。春休みの校舎の不思議な四重奏は、彼女が先生につかまって、激しく抵抗しながら補習の教室に連行されるまでつづいた。

3

わたしは音楽室の隣にある音楽準備室に向かった。

音楽室の鍵《かぎ》さえあれば中の扉を通じて入れる。彼女が朝早くから、どんな目的で音楽室の鍵を借りていたのか突きとめたかった。

廊下に着くと突き当たりの音楽室から合唱部の歌声が聞こえてきた。かえるちゃ〜んも、うさぎちゃ〜んも、とアップテンポなピアノ伴奏で歌謡曲メドレーを歌っている。サビのおいしい部分ばかりとっていた。部活動の説明会で歌うつもりなのだとわかった。負けるもんか。

合唱部の練習の邪魔をしないよう、廊下側から音楽準備室に入った。いろいろな楽器がつめ込まれた空間の匂いが鼻をくすぐった。合唱部の部員は顔をしかめてあまり近づきたがらないので、結局は吹奏楽部の部員の溜《た》まり場になる。

中にトランペットの手入れをする男子生徒がひとりいた。片桐《かたぎり》部長だった。痩《や》せた細い体躯《たいく》、青ざめた顔が特徴の先輩だ。三人しかいない男子部員のひとりで、苦労性のせいか、長いものにはできるだけ巻かれたいという信条を持つ。合唱部の練習が終わったあと、吹奏楽部が音楽室を下校時間ぎりぎりまで使うので、先に待っているのだと知った。

「……あれ、穂村？」

「部長」

ちょうどよかった。片桐部長に事情を話して、楽器倉庫代わりに使っているステンレスラックを確認した。ユーフォニアム、ファゴット、ピッコロ——部費が足りずに修理を後まわしにしている楽器の棚を順に漁《あさ》る。

「修理前のクラリネットなら場所を移したけど」

ほら、と片桐部長がブリーフケースのひとつを指差してくれた。わたしは屈んで手に取ってファスナーを開く。目を見開いた。空っぽだ。壊れたクラリネットが持ち出された痕《こん》跡《せき》がある。

「やっぱりないみたいだね」

頭上からハルタの声がふってきた。驚いてふり仰ぐと、成島さんとマレンも一緒にいて、みんな腰を屈めてのぞき込んでいる。

「……黙って持っていったのかしら？」成島さんが首を傾げた。一年に一度しか切らないような野暮ったいロングヘアが、眼鏡をかけた顔のほとんどを隠している。

「リペアするにしても技術がいるよ」マレンが穏やかな口調でいった。アルトサックスを吹いているときの雄々しさはそこにはない。指を折りながら流暢《りゅうちょう》な日本語でつづける。

「タンポの交換、トーンホールと管体クリーニング、キーオイルの注油、バランスコルクの交換。最後の調整が一番大変だ」

「そんなことができるのって……」成島さんが心当たりのあるしぐさをした。

「この学校の生徒で限定したら彼女くらいかな」マレンも同様なしぐさで腕組みする。

黙ってふたりの会話に耳を澄ませていたハルタが静かに口を挟んだ。

「芹澤直子《せりざわなおこ》でしょ？　春休みの補習を受けているはずだから、あとでチカちゃんに首実検させればいいよ」

旧校舎にいた女子生徒の姿が脳裏によみがえる。芹澤という名前だったのか……

「待て」片桐部長がハルタの肩を後ろからつかんだ。「芹澤って、あの一年の芹澤か？あいつが勝手にクラリネットを持ち出したっていうのか」

どこか距離を置きたそうな口ぶりだった。一年？　一年というと同級生だ。もしかして知らないのはわたしだけ？　きょろきょろとみんなを見まわす。

「確か、成島さんは体育の授業が同じだったよね」マレンが訊《き》いた。

「バレーとバスケは平気で休むわよ。すこし神経質すぎるかもしれないけど」成島さんが長い髪を耳元でかきあげてこたえる。

「そういえば、終業式前に草壁先生とふたりでいるところを何度か見かけたな」ハルタが思い出すようにいった。「込み入った話があったみたいだけど」

「本当かよ。いままでまったく近づかなかったくせに」片桐部長が苦々しく吐き捨てる。

「タイム！　わたしもみんなの会話に交ぜてください」

片桐部長はふうとため息をつき、「……芹澤のなにを知りたい？」

「部長、詳しいんですか？」わたしは質問を返した。

「芹澤といえば地元の名士だぞ。確か祖父が元国会議員で、父親は建築会社の社長をしている」

なんだかすごいぞ。「社長令嬢が、どうしてこんな公立高校に？」

「さあな。考えられるとしたら、家が近い。中学の時もそうだった」

家が近い？　それって家に早く帰れるってこと？

「部長と同じ中学だったんですか？」

「まあな」

含みのあるいい方だった。とりあえず一番気になることを訊いた。

「あの。クラリネットがとても巧《うま》い印象を受けたんですけど……」

「ドラゴンクエストというゲームを知っているか？　演奏能力をあれにたとえよう。穂村がレベル一だとすると、上条や成島はレベル五十、彼女はレベル九十九だ」

ものすごく口を挟みたい衝動に駆られたが、我慢した。わたしはハルタと成島さんに顔を向けて目で訴える。こんなことをいわれていますよ？

「まあ、そういわれても仕方ないね。基礎が違う」ハルタがこぼすと、

「ピアノも上手だろうしね……」うなずいた成島さんが追随した。

え、え？　わたしだって馬鹿じゃない。そこまで聞いて、ようやく彼女が目指しているものがわかった。

「プロ志望なの？」

「純然たるプロ奏者志望だよ」ハルタが息をついてこたえた。「小学生の頃から専門の教育を受けている。音大の現役入学は当然で、その先も見据えている。だから中学高校は私立だろうが公立だろうが関係ないんだ」

片桐部長が憤然とした態度で、言葉の終《しま》いを引き取った。

「筋金入りのアンチ吹奏楽部だ。下手に口をきくと火傷《やけど》するぞ」

「……火傷？」いきなり危険そうな言葉が飛び出してきてドキドキする。「お、おお、音楽を愛するひとに、吹奏楽部が嫌いなひとなんていません。たぶん。きっと」声がふるえた。

ふん、と片桐部長が鼻を鳴らす。「去年、俺の母校の吹奏楽部の部員が、演奏のヘルプを頼みにいっただけで泣かされて帰ってきたぞ」

泣かされて帰ってくる光景が想像できない。わたしはハルタを見やる。

「ぼくがアンチの立場で説明するの？」

露骨に嫌そうな顔をした。片桐部長にうながされ、しぶしぶといった表情でつづける。

「音楽ってみんなでやる面と個人の戦いという面で、それぞれ考え方が大きく異なるんだよ。プロを目指すなら大抵は後者だ。レベルアップのための環境を吹奏楽部におかないだろうし、楽器をさわったきっかけが家庭内なら、部活動で練習するのはなおさら辛《つら》いと思う」

「どうして？」

「学校の吹奏楽部は、そこではじめて楽器をさわるひとや、音楽の教養がとくになくても楽器を吹いてるひとが大勢いる。どう自分が上手く演奏しても、自分よりはるかに格下のみんなが上手くならないと認められない。交響楽団なんかはソロ技術が高くても評価されるけど、吹奏楽はそうはいかないんだ。彼女にとって耐え難いと思うよ。しかも技術が一番伸びるといわれる十代半ばからの大切な時期を奪われるのは……とか考えたりもする」

わたしのことを非難されているようで胸がズキズキ痛くなる。

「どう、チカちゃん。熱くなった？」

「ま、まだまだ」

「プロを目指す特定のパート奏者からみて、他の楽器ってあまり興味ないんだ。吹奏楽の醍醐味でもある、野球でいうキャッチャー、ピッチャー、サード、代打……というチームプレイの感覚はない。技術がない奏者は白い眼で見られるだけで、自分は自分。ただひたすら練習するだけ。そしてそれが報われる」

わたしの知らない世界だ。

「吹奏楽ではすこしのミスが大勢の演奏力で補われる部分が大きいんだ。吹奏楽は木管、金管で編成されているバンドだから音が似ている。ひとくくりにすればそんなに大きな違いはない。だけど、自分の音がひとくくりにされるのが我慢できないひともいる」

「みんながレベルアップすればいいじゃん」精一杯の抵抗を試みた。「わたしだって頑張るから。ひとの三倍だって四倍だって頑張るから。足を引っぱらないようにするから」やばい。涙が出そうだ。

「その程度の努力なら、彼女は小学生の頃からつづけているよ」

その程度……わたしの顔から血の気が引く。

「現実的なことをいわせてもらうと、音大の受験ではピアノの技術も必要だったりするから、自分のメイン楽器以外にも練習する時間を取らなければならない」

とどめを刺されたわたしは肩を落として、片桐部長があとを継ぐ。

「俺の従姉妹《いとこ》が音大を卒業しているから、あそこの大変さは、ある程度は理解しているつもりだ。美術大や語学大といった他の専門系と比べて、就職するときの選択肢が大幅に狭まる。極端な例を挙げると、身のまわりの社会人で音大出身のビジネスマンや社長っているか？　音大に信念をもって進学するひとは覚悟が違うし、扱いにくい。まあ最後の部分は、俺の従姉妹だと思って笑ってやってほしいが」

笑えません。

「どう、チカちゃん。熱い？」

「……これ以上聞くと、本当に再起不能になりそうです」

わたしは洟《はな》をすすりながら、ちらりと成島さんとマレンの顔色をうかがう。どうしてそんな上手なのに、わたしたちに付き合ってくれるの？　迷惑じゃないの？　だったらいって。わたしなら平気だから。

成島さんは視線をすこし逸らしていった。「私は仲間と一緒にする吹奏楽が好きよ。音楽は高尚なものじゃないし、お金を取らずに、みんなで楽しんでもらうのが原点のはずだから」

「楽しさでいえば吹奏楽だね」マレンが晴れやかな顔でつづく。

気づくとわたしはふたりに抱きついていた。頭をぐりぐりさせる。ぜったい後悔させないから。わたし、頑張るから。もっといっぱい部員を集めて、A部門の地区予選大会に出場できるようにしてみせるから。

落ち着いたわたしは片桐部長とハルタに目を向ける。「回復しました」

「安いな、お前」

呆《あき》れる片桐部長をよそに、ハルタが腰を屈めて空のブリーフケースを取り上げていた。

「仮に彼女の仕業として、どういう風の吹きまわしかな」

「あのアンサンブルも芹澤さんだよね？」マレンがハルタにたずねる。

「そうだと思うけど」

マレンが顎《あご》に手を添え、なにか考えごとをするしぐさをした。

「どうしたの、マレン？」と成島さん。

「……だとしたら彼女、演奏の仕方が変わったかも」

「え」

「ああ、そうか。成島さんと上条君は去年の春に引っ越してきたから、中学時代の彼女を知らないんだね。中学三年生でプロ団体に参加していたんだよ。市内のホールでコンサートをしたことがあったから、父さんと一度観に行ったことがある」

ハルタが目を大きくさせた。「で？」

「うまくいえないけど、よくない方向に変わっていた気がするな。テクニックの誇示が前面に出ていた」

双眼鏡越しで見た、小刻みに動く彼女の運指を思い出した。指先のミスをしないことに集中している。いま思い起こせば、そんな姿にとれなくもない。

マレンはつづけた。「そういうプロなら腐るほどいるんだ。彼女が中学三年生でプロ団体のステージに上がれたのは、音の表情が豊かだったからだよ。音楽性、芸術性ともいえるけど」

「そういえば、フレーズの立ち上がりを何回か外したわ」成島さんが不思議そうにこぼした。

「スランプだろ」片桐部長がその一言で片付けようとする。

「……スランプかどうかわからないけど」と成島さんは神妙な顔をして前置きした。「隣のクラスだから噂が届きやすいんだけど、二学期の中間テストぐらいから成績がガタ落ちになったそうよ。文系教科なら彼女、学年じゃ五本の指に入っていたから」

そんなに頭がよかったの？

「彼女みたいなタイプは時間を無駄にしないから、授業の内容はちゃんと聞くのよ」

成績が並のわたしは、自分は無駄に生きているといわれた気がした。音楽準備室に響く合唱部の歌声に混じって、穏やかなマレンの声が届く。

「成績が上位から落ちたくらいで補習になるのかな？」

成島さんは首を横にふった。「たぶん欠席日数のほう。会話が急に噛《か》み合わなくなって、クラスメイトを避けて孤立するようになったみたい。三学期はだいぶ休んでいたみたいだから」

わたしはハルタの制服をつかんで引く。「ねえ。芹澤さんと草壁先生がふたりで話しているところを見かけたんだったよね」

「見たよ。ふたりで進路相談室に入っていくところを何度か」

「進路相談室？」片桐部長、成島さん、マレンが驚いて声を揃える。

ちょっと、とわたしはハルタを手招きした。ふたりで音楽準備室の隅っこに移動して、小声でたずねる。

「なんであんたがそういう場面に都合良く遭遇するわけ？」

「一日に何度か先生の顔を見ないと落ち着かないんだよ」

ハルタが真顔で返し、わたしの全身が粟立《あわだ》つ。

「……よくわからないな。一年で進路相談？　あいつがか？」

片桐部長の声にふり向いたわたしは、はっと目を剥《む》いた。片桐部長の向こう、廊下側の扉の磨りガラスに濃い人影が映っていたからだった。廊下側にずっといて、中の話し声に耳をそばだてていた様子にとれた。ハルタも成島さんもマレンも気づいて硬直する。

ギイと扉が音を立てて開いた。ショートヘアの女子生徒がのぞく。双眼鏡で見た顔だった。彼女はそのまま扉をばたんと閉めて、ぱたぱたとスリッパの音を立てて廊下を駆けていく。

「待て、待て、芹澤——」

片桐部長が慌てて追いかけた。校舎の二階でクラリネットを吹いていたのは、やっぱり芹澤さんだった。

しばらくして片桐部長が芹澤さんの腕を無理やり引っぱって戻ってきた。彼女の手には音楽準備室から紛失したクラリネット、もう一方の手に通学鞄《かばん》を提げている。身長は百六十五のわたしよりすこし高い。切れ長の目は安易にひとを寄せつけない雰囲気があった。

音楽室から合唱部の歌とピアノ伴奏がやむと、芹澤さんは片桐部長の手をふり解いて、なぜかわたしの前までまっすぐ歩み進んできた。ほら、といいたげにクラリネットを無言で突き出してくる。みんなで顔を近づけた。ちゃんとリペアされていて、まともに吹けるようになっていた。ひび割れた部分に関しては瞬間接着剤で固着されている。その手があったのか。

恭しく受け取ろうとすると、ひょいと意地悪く上げられ、お預けの恰好《かっこう》になった。

「ありがとうは？」冷たさを感じさせる声が、芹澤さんの唇を割った。

「お……」わたしは口をぱくぱくさせる。

「お？」芹澤さんが眉《まゆ》を顰《ひそ》めた。

「お願い。入部してっ」

わたしは芹澤さんの胸に抱きつき、彼女が「な、ななな、なんなの？」と慌てふためき、成島さんがわたしを一生懸命引きはがす。「穂村さんのそういう節操のなさが好きよ」

「いままでの説明はなんだったんだ」片桐部長が嘆息して芹澤さんに謝った。「……悪かったな。さっきまでお前の噂話をしていた」

芹澤さんがやや遅れて反応し、険しさを眉間《みけん》に刻んだ。なにかをいいかけて、それをやめた。顎をつんと上げてから、わたしに顔を近づけてくる。

「一年B組の穂村さん？」

蛇に睨《にら》まれる蛙の心境を味わいながら、わたしは首をちぎれるくらいに縦にふる。

「去年の一年間、死にかけた吹奏楽部はあなたを中心にまわっていたわ」

「よく見ているね」

ハルタとマレンがうなずき合って感心し、片桐部長は落ち込んでいた。

「体育館のステージで、演劇部と対決していたし」

「いやっ」わたしは顔を覆う。

「発明部と一緒に怪しいことをしていたし」

「ああっ」わたしは頭を抱えた。

「でもね、私はもっと前から穂村さんのことを知っている」

「え……」

「去年の四月を覚えてないの？」

芹澤さんとそんなに早くから出会っていた？　うそ？　わたしは瞬きをくり返す。ごめん。覚えていない。ハルタがそっと耳打ちしてきた。

「彼女が遅刻しかけて家の車のハマーで通学したとき、正門の前でチカちゃんを轢《ひ》きかけたんだよ」

あの装甲車みたいな外車が記憶によみがえった。「おまえか」

「……駄目だよ、チカちゃん。運転手さんがあげたクリームパンで和解したんだから」

ハルタのささやきに、わたしは顔を赤くして縮こまる。くすくすと楽しそうな笑い声が届いてきた。見上げると芹澤さんだった。わたしの様子がおかしかったのか、それともいいたいことを一方的にいえて満足したのか、丸めた人差し指の背中を唇にあてている。

「あの。直してくれて、ありがとう」

成島さんが一歩進んでお礼をいうと、芹澤さんは警戒するしぐさでクラリネットをさっと後ろ手に隠した。彼女の目が音楽室のほうを凝視する。ピアノの伴奏とともに合唱部の練習が再開していた。

「どうした？　芹澤」

片桐部長が同じ方向を見つめ、わたしも彼女の視線の先を追う。別におかしな点はない。しかし芹澤さんの顔がゆがみ、頭をふった。すこし気分が悪そうだった。彼女はここから逃げ出すように踵《きびす》を返そうとする。

「ちょっと待って」マレンが慌てて腕を伸ばした。「今日が補習の最終日だよね。せっかくだから、もうすこし話を」

「ごめんなさい」

マレンと芹澤さんの言葉がかぶさり、彼女は慌てた様子で音楽準備室から出ていった。戸惑ったマレンが腕を下ろす。クラリネットはかたくにぎりしめたままだった。

「……結局あいつは、なにしにきたんだ？」片桐部長が廊下に顔を出した。

ハルタはひとり、注意深く床に目を落としている。「……みんな、もしかしたら足下に気をつけたほうがいいかもしれない」

その唐突な言葉に、音楽準備室にいたみんながきょとんとした。

「たぶん彼女は春休みの前日に、この準備室か音楽室のどっちかで、なくしものをしたんだよ」

「なくしものだって？」片桐部長が怪訝《けげん》そうな顔で首をまわす。「コンタクトでも落としたのか？」

「いや……。でも、似たようなもの。たぶん、もっと深刻なもの……」ハルタが謎めいた言葉をつぶやき、雑巾《ぞうきん》がけをするように床にひざと両手をついた。「吹奏楽部や合唱部の練習の合間に探すなら朝しかない。でも、ひとりでは限界を感じた。クラリネットをこっそり持ち出して直したのは――顔見知りの部長がいて、自分は嫌われていると思っていたから、探すのを手伝ってもらうのに貸し借りをつくりたくなかったんだよ」

黙って聞いていたマレンの横顔が、なにかに思い当たったように強張った。クラスメイトと会話が急に噛み合わなくなった。成績が急激に落ちた。三学期はだいぶ休んだ。演奏スタイルがテクニックの誇示に変わった。フレーズの立ち上がりを何回か外した。将来の道筋は決まっていたのに、この時期になって草壁先生に進路の相談をした。

そしてさっきの様子……

まさか。

気づくとわたしの身体は勝手に動いて、廊下に飛び出していた。

「チカちゃん」

背中にハルタの声が届き、

「呼び戻してくる」とわたしは芹澤さんを追って廊下を走る。

中学時代の出来事を思い出した。年中無休、二十四時間営業の日本企業のようだったバレーボール部。練習中に強烈なスパイクを耳で受けた部員がいた。彼女はわたしとレギュラー争いをしていた同級生だった。結果として彼女はレギュラーの座を失い、そればかりでなく、日常生活で聞き間違いが増えて、雑音と会話との区別が困難になった。わたしは決してタフではないし強くもない。土俵際で目いっぱい頑張って、練習の辛さに勝る充実感を得ようとしていた。でも人知れずに泣いている彼女の姿を見て、もう無理だと悟った。中学三年の夏の大会を最後に、わたしはバレーボールから逃げ出したのだ。

ハルタの言葉がよみがえる。——音楽ってみんなでやる面と個人の戦いという面で、それぞれ考え方が大きく異なるんだよ。プロを目指すなら大抵は後者だ。

ひとりで戦いつづける芹澤さんのことを思った。彼女の痛みと悲しみが想像できた。彼女を襲ったのは難聴だ。スランプどころじゃない。十五歳でプロのステージに立った彼女にとって死刑宣告に等しい。

4

「遅かったね」

音楽準備室の前の廊下で、草壁先生がわたしと芹澤さんの到着を待っていてくれた。

「先生……」

わたしは呆《ほう》けたように返し、はっと腕時計に目を落とす。あれから一時間以上も経っていた。音楽準備室をのぞくと、吹奏楽部のみんなが床に目を這《は》わせて探しものをしている。楽器倉庫代わりに使っているステンレスラックを移動させても、まだ見つからない様子だった。隣の音楽室から片桐部長たちが手分けする声が聞こえ、合唱部の練習が終わったことを知る。

「……先生。このひと、全力で追いかけてきて迷惑だったんです」芹澤さんがふて腐れた顔で訴えた。

「ほら、大きさと色を早くみんなにいいなさいよ」わたしもふて腐れた顔でいう。

「……小指の爪くらい。肌色」

「そんなに小さいの？」

「……しかも、ころころ転がる。蹴《け》ったら大変」

「簡単に見つかるわけないじゃないの」

「オーダーメイドよ。やっとできたものなんだから。クリームパンで喜ぶ庶民と違うんだから」

「庶民？　あんたどこの官僚？」

「いっておくけど、クラリネットをタダで直してあげたんだから、お礼なんかいわないからね」

「ひととしてなにか間違ってるわ。発明部にいって土下座の仕方を勉強してきなさいよ」

草壁先生は息をつめた表情で眺めていた。眼鏡のフレームを指でつまんで動かし、芹澤さんとわたしが引っぱり合っているものを注視する。ふたつは糸でつながっていた。

「その紙コップはどこから？」

「保健室です」わたしは小さくこたえた。

「糸は？」

わたしは制服のポケットから、カードタイプのソーイングセットを出す。

「そうか。糸電話か」

声を落とした草壁先生が芹澤さんに目を向けた。彼女と目が合う。先生の言葉がどこまで聞き取れているのかはわからなかった。ただ、かたさを帯びていた彼女の表情がすこし解かれて紙コップをゆっくりと下ろした。

「……悪くないわ、これ。一週間ぶりにまともな会話ができたんだから」

わたしも紙コップを下ろして芹澤さんを見つめる。保健室で彼女が打ち明けてくれた言葉を思い出した。突発性難聴。彼女の右耳は、もう完全に聞こえない。残る左耳の聴力も日常会話の聞き取りが困難なところまで落ちている。うつむく彼女の身体が深呼吸するように動いた。直後、彼女の両目に急激に膨らんでいく涙をわたしは見た。しかし涙はこぼれることはなかった。彼女の意志の強さに思えた。わたしは焦って音楽準備室のほうに首をまわす。まだなの？　扉からハルタが顔を出した。

「やっと見つかったよ」

「——本当？」

わたしは芹澤さんの手を引いて、音楽準備室の中に入ろうとする。なぜかハルタは草壁先生だけ先に入れ、わたしたちを押しとどめた。

「まあ、まあ、慌てないでほしいな」

「なんなのよ?」わたしは拍子抜けしていう。

「最近の技術はすごいね。あんな小型のものができるんだ。完全に耳の穴にすぽっと入っちゃう」

「デリカシーがないわね。馬鹿」尖《とが》り声でささやいた。「ショートの女の子なのよ」

「わかっているよ」糸電話を目にしたハルタが、こそこそした素振りで声を潜める。「いまからいうことを、彼女にちゃんと伝えてほしいんだ」

不承不承うなずくと、ハルタは身体を返して大仰な身ぶりでいった。

「吹奏楽部のみんなは一時間以上も頑張った。とてもとても大変だった。評価してあげてもいいと思う」

目の前のホルン吹きはなにをいっているの?　芹澤さんが穿《うが》った目で見つめてきたので、わたしは紙コップの糸を引っぱって伝えた。

「今年彼は、生徒会長に立候補したいそうです」

「……ふうん。じゃあ一票あげる」

「チカちゃん、ちゃんと伝えているの?」

「伝えてるって。ほら、ほら、早くしなさい」

ハルタはひと呼吸置いてから、また大仰につづけた。

「これはきっと……不幸な事故なんだ。だからだれも……責めちゃいけないと思うんだ」

「事故？」

わたしはハルタの肩越しに首を伸ばした。みんなは深刻そうな表情をして輪をつくり、草壁先生も腕組みしたまま難しそうな顔をしている。芹澤さんの腕を引っ張って中に入った。片桐部長が両手で広げる五線譜の上に、割れた節分の豆みたいなものがちょこんと載っていた。

すでにだれかのスリッパの犠牲になった補聴器だとわかる。

芹澤さんが貧血を起こしたように倒れ、慌ててみんなで支えた。

保健室のベッドで、芹澤さんは頭から布団をかぶって丸まっている。

「意外と面倒くさいやつだな」

片桐部長がぽつりといい、隣に立つハルタは窓外に視線を投じていた。グラウンドでは野球部の練習が終盤にさしかかっていた。ずるずると砂ぼこりを上げながら気怠そうにタイヤ引きをしている。長い一日だった。

保健室の引き戸が静かに開き、成島さんが入ってきた。彼女はベッドから垂れ下がった糸電話を手に取ると、ちょんちょんと引いた。しばらくして弛《たる》んでいた糸がぴんと張る。成島さんは紙コップを口にあてて、制服のポケットから取り出したメモ用紙を淡々と読み上げた。

「たったいま、吹奏楽部からの妥協案が出ました。みんなですこしずつお金を出し合いますので、弁償は四十回の季節払いでお願いします」

芹澤さんが、がばっと布団ごと起き上がった。

「春、夏、秋、冬？　十年待つの？」

「そもそも無断で音楽室に入って、勝手になくした芹澤さんも悪いのでは？　という素朴な意見も一部からあがりました」

紙コップを耳にあてる芹澤さんがぐうの音も出ない表情をして、成島さんはためていた息を吐き出す。それからすこし厳しい声でいった。

「どうしてもっと早くいってくれなかったの？」

芹澤さんが黙り込む。

「私たちにいい辛かったら、草壁先生でもよかったのに」

芹澤さんは成島さんから目を逸らし、「……先生にはいえない。進路相談で、もう散々迷惑かけたから」

どことなく疲労が滲《にじ》む声に聞こえた。わたしは保健室の隅のパイプ椅子に座って、黙々と手を動かしつづける。また引き戸が開いたのでふり向く。草壁先生とマレンが入ってきた。草壁先生は成島さんが持つ紙コップに目をとめると、手のひらを出してそれを受け取った。

「補聴器のことは自分から話しにくいだろうから、家に連絡させてもらったよ」

芹澤さんは紙コップをにぎりしめて幼い子供のようにうつむく。「……ありがとうございます」と息をつくようにいった。

「他のみんなはどうした？」片桐部長がマレンのほうに首をまわしてたずねる。

「楽器の手入れをしています。まだ使えそうな楽器がたくさん出てきましたから」マレンがこたえた。

「トランペットとチューバは掘り出しものだったね」ハルタが口を開いた。

「トランペットか。新入生が入ったら吹きたがるやつは多そうだなあ」片桐部長が考え込む。

「お金のかからない直し方、芹澤さんなら知っているかな」マレンがこぼした。

「なんでもできるわけじゃないのよ」成島さんが小声でたしなめる。

みんなと芹澤さんの目が合った。彼女は小首を傾げて曖昧《あいまい》にうなずき、

「……ごめん。大人数で話されると、よくわからない」

重い沈黙がおとずれた。ハルタが腕を伸ばして、草壁先生から紙コップを受け取ろうとしたとき、

「できたっ」

とわたしはパイプ椅子から立ち上がった。糸電話をふたつ追加でつくっていた。それぞ

れを真ん中で結び、

「こうするとみんなで話せる」

六方に分かれた紙コップをみんなに配った。ハルタが目を丸くして受け取っている。あんたのぶんは、わたしと共用だからね。

「へえ」ひとつを手にした片桐部長が感心してくれた。「物理に弱い穂村が、なんでこんなことを知ってるんだ？」

余計なことを。口を尖らせてつぶやく。「……すみません。先生に教えてもらいました」

草壁先生が微笑を返した。「弛まないよう気をつけて」

みんなが紙コップを口にあてる。ぴんと張った糸が放射状に広がった。たったそれだけで、保健室に非日常な空間ができあがった感覚がした。

「音楽家の水嶋一江《みずしまかずえ》さんが、糸電話の原理を応用したストリングラフィという楽器を考案しているんだ。ステージはこんな感じで、糸電話だらけだよ」

芹澤さんは紙コップを耳にあてたまま、目を大きく開いていた。なにかいおうとして、空を嚙《か》む。

「話せる機会があったら、聞こう聞こうと思っていたことがあるんだけど」

さっそくマレンが口火を切った。音楽準備室のつづきだ。

「クラリネットをはじめたきっかけを教えてほしかったんだ」

「――え？」芹澤さんはびくっと、後ろから急に声をかけられた少女みたいな反応をする。

「唐突でごめん。僕は父さんの紹介で、小さい頃からプロを目指すひとと知り合いになる機会は多かったんだ。だけど、クラリネット奏者とはひとりも会えなかった」

黙って紙コップに耳を澄ませていた芹澤さんが、口許《くちもと》に柔らかい笑みを浮かべた。肩の力が抜けた感じがする微笑だった。

「それはきっと、たまたまじゃないかしら。でもクラリネットって、楽譜に書かれている音符と実際に出てくる音が違う移調楽器だから、絶対音感があるひとは最初は戸惑うのよ。私の場合は、それだけライバルがすくないと思って飛びついたの。おかしいよね。別に音に感動したわけでもないし、目標とした奏者がいたわけでもないから」

「めずらしい動機ね」成島さんがすこし驚いた反応をする。

「……そうね。不純かもしれない」芹澤さんはまぶたを深く閉じ、記憶を辿《たど》るような表情をした。「私は早くこの道で一人前になって家を出たかった。本当に、ただそれだけ」

「あの豪邸をか？　もったいない。一生ニートになれるのに」俗物まみれの片桐部長がとんでもないことをいう。

芹澤さんはすこしも不快な顔をしなかった。「そうでもないわよ。私はお父さんとお母さんが普通にいる家のほうがずっとよかった」

「うちみたいな九人兄姉の家でもいいのかよ」片桐部長が変なところで突っかかる。

「それは困るわね。部長の妹はウザそうだし、実際しつこくて、私、泣かしちゃったし」

「……そんなこともあったな」

「兄想いの妹だと思うわよ。来年、この高校に進学するでしょ？」

「どうだかな」

片桐部長は短く吐き捨て、芹澤さんから目を離す。ふたりの奇妙な因縁を垣間見た気がした。

そろそろわたしの出番だ。わざとらしく空咳《からせき》をしてから紙コップを口にあてようとすると、ひょいとハルタに取り上げられた。

「芹澤さん、ちょっといいかな」

ベッドの上の彼女の顔が向く。わたしの目も剝《む》く。

「君から見て、ぼくたちのバンドはどう思う？」

芹澤さんは瞬きを数回くり返した。「……評価できるほどの実績はないし、そもそもまともなバンド形態になってさえいないと思うけど」

「そんなことはわかっている」ハルタは真剣だった。

沈黙の中、何秒か過ぎた。

「噂には聞いていたけれど、まさか普門館を本気で目指すつもりなの？」

ハルタはうなずいた。噂の発信源のわたしも責任をもってうなずく。その自信はどこから？　という顔を芹澤さんはした。彼女は片桐部長、マレン、成島さんを順に見て、最後に草壁先生に目をとめた。

「……そう。だったら先生が話しにくいことを、いまから私が代わりに話してあげる」

わたしは固唾《かたず》を呑《の》んで聞き入った。

「最低三十人は集めて」

「三十人？　どうして？」成島さんが静かな声で反応した。

「高校の部のA部門全国大会で、無謀と呼ばれるラインが三十人。それ以下だと、上限の五十五人で参加してくる強豪校との差が歴然とするの。吹奏楽は演奏力で勝負するんでしょ？　同じ曲目で競う課題曲では致命的よ。どう考えたって不利」

「待って。差を埋める方法はある」ハルタは語調を強くして反発した。

芹澤さんは、そんなことはわかっているといいたげな顔を返した。「譜面を削るんでしょ？　アレンジね。それもプロの審査員の意表を突いたり、インパクトを与えるアレンジ。この学校には、それができる指導者がいる。ただの指導者じゃない。一時は日本の音楽会の寵児《ちょうじ》といわれた指揮者よ。まだ記憶に残っている審査員はいると思うわ。……ま、それでも不利な状況は変わらないだろうけど、強豪校に挑む資格はできると思う」

みんなの目が草壁先生に動いた。草壁先生はなぜか、表情に影を落として黙っている。

「あと、今年は諦《あきら》めたほうがいいわよ」

え？　とわたしは思った。横を見るとハルタは冷静に受けとめ、片桐部長はどこか安堵《あんど》する表情を浮かべていた。

「いまの吹奏楽部なら人数の穴埋めは新入生頼みでしょ？　大会当日までにモノにできる数なんてたかが知れている。人数不足で惨敗経験をするよりは、三十五人以下、自由曲のみのB部門でエントリーしたほうがいい。わたしが指導者だったらそうする。B部門の支部大会の金賞を目標にする。そこで確実に力をつける。初出場で金賞をさらう高校ってざらにあるのよ」

「……俺の代で、上条たちにうまく引き継げばいいんだな？」片桐部長が押し殺した声でいう。

「うまくいけば来年、A部門エントリーのチャンスがくる。今年は普門館の挑戦権を放棄する形になるけど、部長の妹なら、きっと雪辱を果たしてくれるわ。彼女、トランペットの筋はいいから」

片桐部長は思案する顔をしたが、結論はもうとっくに出ているようだった。一方ハルタは、芹澤さんにずっと物問いたげな視線を注いでいる。

「上条君って、面白いわね」

「え……」と我に返るハルタ。

「吹奏楽部に入って！　って無遠慮に顔に出すのは穂村さんだけかと思ったら、あなたもそう。似たもの同士ね」

ハルタが目を瞬いて、わたしと顔を見合わせる。

「……あのさ」いいにくいことをマレンが代弁してくれた。「……その、僕たちと一緒にやってくれないかな？」

「……私からもお願い」成島さんも頭を下げてつづいた。

芹澤さんがわたしたちを見返した。その視線がふいに宙をさまよった。言葉を探すような間をおいたあと、草壁先生のほうに首をまわした。

「先生は音楽家になる道を諦めたのに、どうしていま、こんな地方の公立校の音楽教師という形で関わっているんですか？」

話の方向が変わってすこし戸惑った。芹澤さんと草壁先生の間には、ふたりにしか通じないなにかがある。そんな雰囲気があった。黙って見つめ返す草壁先生の口から発せられたのは、虚飾も修飾もなく、短くて、胸をつく言葉だった。

「これしか能がないんだよ。だからしがみついている」

それを受けて、芹澤さんは儚《はかな》げに微笑んだ。

「わかります。私も同じなんです。まだ、プロの道が閉ざされたわけじゃない」

そしてわたしたちのほうに切れ長の目を向けた。

「この耳のせいで、ずっと私についてくれた指導者が去っちゃって、もうどうしていいのかわからなくて、吹奏楽部でもいいから居場所を見つけようと思ったときがあったの。でもそれって、真面目に頑張っているあなたたちの人格に対して失礼だよね。私は、私が決めた道を、自分で納得できるまで前に進むしかないの」

わたしは反論しようとしたが、それをはばかる空気があった。彼女の言葉の奥にはかたい芯《しん》のようなものが含まれている。易々と触れられないほどの。

「……だからごめんね。いまは、あなたたちの仲間になれない」

芹澤さんは謝る必要なんてないのに謝った。片桐部長もマレンも成島さんも言葉をなくして、草壁先生も沈黙している。結局わたしも口を閉じた。ハルタだけが違った。彼女に強く念を押した。

「学校を辞めることはないんだね？」

芹澤さんがかすかに目線を上げ、「教室の席順とか、一部の授業で制約はあるけれど、草壁先生と教頭先生が根まわししてくれたから、卒業まで一緒にいられると思う」

ハルタの口から安堵の息がもれた。「今回の騒動で、ひとつだけわからないことがあるんだ」

「なに？」

「どうして大切な補聴器を準備室でなくしたの？」

「音楽準備室に用があって、そのとき落としたのよ」

「補聴器は耳の中だ。高いものだし、そう簡単には落とすことはないんじゃないのかな」

芹澤さんの視線はハルタから動かなかった。やがてその視線は遠くに逸れた。

「確認したかったの。スネアドラムやティンパニがまだ使えるかどうか」

「――スネアドラム、ティンパニ？」

「うん。ティンパニなんか大きくて、音程ごとにあるでしょ？　抱えて動かしているうちにティンパニごとバランスを崩して倒れちゃったの。さるかに合戦で臼《うす》にやられる猿みたいな感じで」

「どうして？」

「もう疎遠になっちゃったけど、私には幼なじみがいるの。小さい頃からずっと太鼓を叩《たた》いていて、中学二年まで市のジュニアマーチングバンドに所属していたひと。私、聴力が落ちてから、いろいろ考える時間が増えたの。彼のことを思い出す時間も増えた。それで彼に、学校に戻ってきてほしくなっちゃったの」

学校に戻る……？　芹澤さんはぽつりぽつりとつづけた。

「ブランクはあるけど、スティックと雑巾《ぞうきん》を与えれば二時間でも三時間でも叩きつづける忍耐はあるから勘はすぐ取り戻すわよ。私とは比べものにならないくらい我慢強くて、面倒見がよくて、まわりにやさしい」

「クラスと名前は？」ハルタが慎重な声音でたずねた。

れる」

「私の代わりに仲間にしてくれるの？」芹澤さんは弱々しい声でいった。

「仲間？　違うね。戦友だよ。彼の背中はぼくが守るし、彼の骨はチカちゃんが拾ってくれる」

なんだ？　そのコンビネーションは？

芹澤さんはなにかいおうとして、喉《のど》の奥で呻《うめ》き、その口を閉じた。

「……ごめん。自分からいい出して悪いんだけど、やっぱりいまのは忘れて。彼、いろいろ大変そうだし、干渉されるのは嫌がるだろうから」

「大変？　どんな事情で？」草壁先生が訊《き》いた。

芹澤さんが頭《こうべ》を深く垂れ、華奢《きゃしゃ》な肩を強張《こわば》らせた。「先生ごめんなさい。あんまり話すと、彼、本当に学校にこなくなっちゃう気がするんです。そうなったら……嫌です……」

わたしたちは黙って顔を見合わせる。

ひと呼吸置いて芹澤さんが顔を上げた。その顔に、なにかが拭《ぬぐ》われたような表情があった。紙コップをそっと置いてベッドから降りると、スリッパを履いて鞄《かばん》を取り上げる。わたしたちを順に見て、ありがとうといった。ベッドから離れた彼女が足をとめる。つぶやく声が届いた。

「騒がせてごめんなさい。陰ながら応援するから」

芹澤さんは保健室の引き戸を開けて去っていった。わたしたちはぽかんと取り残される形になった。

……と思ったら、ぱたぱたと軽やかなスリッパの音が戻ってくる。引き戸からひょこっと顔を出した芹澤さんが、成島さんに向けて口を開いた。

「補聴器の弁償の話はなしね。新学期には間に合わないだろうけど、どうせ新しいのを注文するから」

そして彼女は息を切らしながら、わたしの前まで進んでくる。

「それ、ちょうだい」

わたしがつくった糸電話だった。有無をいわさずみんなから回収して、大切そうに胸に抱える。子供みたいに小さく口許《くちもと》をほころばせると、芹澤さんは再び駆けていった。今度はもう戻ってこなかった。

「天才少女だかなんだかわからないが、俺にいわせればお騒がせ女だぞ」

片桐部長が毒づき、制服のズボンのポケットに手を入れる。

わたしは芹澤さんがいたベッドに目を落としていた。窓から流れてきた桜の花びらが一枚、シーツの上に落ちている。

ぼくたちにとって春の幻なんだよ

は？　まぼろし？

ああ。ずっと居てほしいという願いもむなしく、儚い夢に終わってしまう

きっと幻で終わらない。儚い夢にも終わらない。——いまは、あなたたちの仲間になれない。いま、と彼女はいったのだ。叶《かな》うかどうかわからないけど、そのときがくるまで精一杯頑張って、彼女に認められるようになろう。仲間という言葉に、かすかな希望を感じた。

周波数は77.4MHz

楽しそうなふり。

寂しそうなふり。

悲しくないふり。

現状に満足しているふり。

動物学では、動物は死んだふりしかできないというけれど、それに比べて人間はいろんな「ふり」ができる。

ふりをすることは、社会とのつながりを保つために必要なことだと思う。しかし僕は人生の中でそれを使える定量があると思っている。それはコップの中の水のように限りがあるもので、いずれは飲み干してしまうだろう。

飲み干してしまったひとつのケースを、僕は深夜に徘徊《はいかい》する老人たちの姿に見た。いろいろなふりから解放された彼らは、自分が還《かえ》るべき場所を探している。生まれ故郷、家族のいる場所、安息の場所……。きっとひとそれぞれに還るべき場所があって、それを本能で探し求めている。

彼らの人生が落日だとしたら、灯がない場所で迷子になるのは当然だ。

灯は必要だと思う。

だから、僕たちは小さな灯をつくった。

この灯を遠くから眺めて、耳を澄ませているみんなにいいたい。

どうかお願いだから、見て見ないふりをしてほしい——

1

わたしはフルートの手入れをしながら、思わず耳をそばだてた。

四つの高校の合同練習会での出来事だ。場所はそれぞれが順番に校舎を提供する。今日はその初日。お昼を挟んだ六時間の練習がようやく終わって、女子部員がかたまる空き教室では、合奏の緊張感から解放されたお喋《しゃべ》りがはじまっていた。スズメがいっせいに鳴き合う感じに似ている。

ホルンやってる男子って、ほんと不思議だよね。

他校の女子部員たちが持論を交わし合っていた。彼女たちが知っている限り、ホルンをやっている男子で大柄なひとはいない。どちらかというと中性的ですこし気弱で繊細なひとが多い。吹奏楽で管楽器をはじめる男子は、大きい楽器を選ぶのが普通だ。大抵はそうだし、こっちだって一生懸命勧める。なのに中にはホルンを選ぶ男子がいて、なぜにホルン！　っと感じるらしい。ホルンは女子でも吹ける楽器だし、音楽で勝ちにいくぜーっていうタイプじゃない男子が選ぶパターンが多いという。

……いい得て妙な気がする。

こんな場所で話題に上がったのは、今日の合同練習会でひたすら注目を浴びた男子がいたからだ。

空き教室の引き戸がノックされて、当の本人がやってきた。

三十人はいる女子部員の目がはっと彼に注がれる。そりゃそうだ。本人は背が低いことを気にしているが、クラスにひとりかふたりはいる恰好《かっこう》いい男子とは次元が違う。これだけ女子の視線が集中しても臆《おく》しも怯《ひる》みもしないところがすごい。並の男子なら目が泳ぎまくる状況だ。その理由を知るわたしは複雑な心境になる。

彼は目を左右に動かし、唱えるようにぽつりといった。

「藤が咲高の皆さん。もうすぐ荒れ狂ったゴリラがやってきます」

えっ、やだっ。ジャケットに臙脂《えんじ》のリボンの部員たちが急いで帰り支度をはじめる。離れた空き教室から、「なんであそこでミスったんだよっ」、「俺の指揮見ろよ、指揮っ」、「金管とサックスはどこだっ」と頭の血管がはち切れそうな雄叫《おたけ》びが聞こえた。藤が咲高の顧問だ。彼女たちはぞろぞろと退避をはじめる。

彼はすれ違う彼女たちを意に介さず、わたしに向かって歩いてきた。

「チカちゃん、教室別だよ」

「え、うそっ」

わたしは慌てて椅子から立ち上がり、いまだ「チカちゃん」呼ばわりするこの奇妙な幼なじみの背中を追った。わたしの名前は穂村千夏。彼の名前は上条春太。女性には永遠に不自由しそうもない風貌《ふうぼう》を持つハルタでも、実はわたしと同じ切ない片想いに悩んでいる。でも、こいつに限って成就してほしくない。成就したら大変だ。

ハルタにつづいて廊下を歩く。夕方の五時を知らせるチャイムが鳴った。窓の外は雨上がりの匂いと残陽の彩りであふれていた。春の終わりを告げるように、汚れた桜の花が灰色のアスファルト一面に散っている。

新学期の春、わたしたち吹奏楽部に六人の新入生が加わった。これで部員は二十三人。新入生を含めて楽器の変更が可能な部員を集め、付け焼き刃かもしれないけど、なんとかユーフォニアムとクラリネット担当の補充ができた。おかげで去年まではお情けで席を分けてもらっていた合同練習会に、こうして参加できるようになった。

今回の合同練習会は特別だ。練習曲は今年度のコンクール課題曲で、他の三校はA部門の参加予定になる。そこに自由曲のみのB部門の参加を決めたわたしたちが交じっている。強豪校のパート練習、合奏の臨場感を早めに知っておこうという目的があった。芹澤さんが残したアドバイスがちゃんと生きている。

吹奏楽の質と力は、先頭になって引っぱってくれる指導者の質と力といっても過言ではない。事実この数ヵ月間、わたしたちの成長は目覚ましく、今日だって他の三校の足を引っぱらずに済んだ。藤が咲高のゴリラ、もとい顧問が、草壁先生の指導力を強く意識したほどだ。

だからとてもうれしかったし、のぼせていた。教室をうっかり間違えたことだって、いつものわたしじゃないからだ。断じて違う。

廊下を歩くハルタの背中が急に立ちどまり、奥から見覚えのある男子が歩いてきた。ウエスタンシャツにブーツカットのジーンズを穿《は》いている。わたしたちの学校の全校集会で必ず見る顔だった。

生徒会長の日野原《ひのはら》さんだ。鋭い眼差《まなざ》しに猟犬のようにしまった身体つき、身長は百八十をゆうに超えるから、運動部の屈強な部員たちにも舐《な》められずに済んでいる。私服姿をはじめて見た。どうしてここに？

「三十点だな」口笛をひゅうと吹いて、日野原さんは通り過ぎた。

わたしはぽかんと眺める。なに、なんなの？

「……日曜だけど呼んだらきてくれたんだよ。あのひと、ぼくらには借りがあるから」ハルタが浮かない顔でいう。

「はあ」とわたしはうなずく。

「部活動の予算決めが来週。わかる？」

わかります。吹奏楽部にとって楽器の維持費は常につきまとう問題だ。合同練習や発表会にもお金がかかる。

「ぼくらは去年の実績がほとんどない」

だよね。でも、集会の君が代は頑張ってフルートで吹いたよ。調子に乗ってヴィヴラートもかけちゃったよ。

「……で、今日きてもらった」

わたしは総毛立つ。最初の三十点という台詞《せりふ》がようやく結びついた。

「な、ななな、なんで？」声が震えた。

「ぼくたちの弱点が露呈したんだよ」

「弱点？　わかりやすくいって」

わたしはハルタの胸ぐらをつかんで首をがくがくと揺らす。

「成島さんとマレン。あのふたりは目立つつもりはなくてもやっぱり目立っちゃうんだ。今日の合同練習会で改めてわかった」

吹奏楽で問われるのは総合の演奏力だ。演奏力は、いい換えればブレンドで、個々の音を出すより、ブレンドさせたきれいな音を出せるかどうかが重要になる。そういえば学校別の演奏で、成島さんとマレンの音が浮いていて、ふたりは何度も調整をくり返していた。

他の三校との合奏ではそんなことはなかった。残りのメンバーの地力が足りないことが、今日の合同練習会でまざまざとわかってしまったのだ。

わたしの認識が甘かった。みんなが待つ空き教室に急いだ。引き戸をがらっと開けると、椅子を車座に並べて座っていた。沈黙して肩を落としている。とくに成島さんとマレンの落ち込みようが激しかった。

なにかいわねば。わたしは深呼吸する。覚醒《かくせい》した。並んで座るふたりの肩に腕をまわした。

「くよくよするなって、この頑張り屋さん。そうだ。『コアラのマーチ』のまゆ毛コアラを瓶に集めてるの。ふたりに分けてあげる」

ハルタが隅で笑いをこらえている。

「……すみません」

暗く沈んだ声がした。バストロンボーンで合奏に参加した一年生の後藤《ごとう》さんだった。彼女は今日に限ってタンギングを空振りしまくった。わたしはとりあえず彼女の頭をなでてあげる。

「意外と穂村は本番で強かったな」ふと片桐部長が口を開く。

「うん。僕も思った。いい意味で冒険しない」マレンが顔を上げる。

「ミスしても動揺しない度胸があるのよ」成島さんがみんなに促す。

「譜面に忠実じゃ駄目だよね」

「頭が真っ白になっちゃったよ。何度も落とした」

「いざというとき、頼りになるのは基礎練の結果かな」

「身体が覚えるまでやり直そうか」

「課題を整理したほうがいいよ」

　次々と声をあげるみんなを見て、わたしはフルートケースを胸に抱きしめた。傷つきやすい姿より、どんなことがあっても大人以上の復元力を持つ高校生のみんなの姿を信じていた。ぐっと胸が熱くなる。

「そうよ！　もっともっと練習しよ。ね？　わたし、成島さんやマレンの足を引っぱらないよう、いまの倍練習する。倍で足りなければ、その倍こなしてみせる。部員が足りなければ、またわたしが集めるから」

　以前も同じことをいったような……。ハルタがすたすたと歩いてきて、わたしの肩にぽんと手を乗せる。

「一日三十六時間あっても足りないって。まゆ毛コアラ様の力を借りても無理なものは無理だ」

「感動に水を差さないでちょうだい」

　ハルタの首を絞め上げていると、片桐部長のため息交じりの声がもれた。

「休憩も給水もとらない穂村のスタミナもすごいけど、一番驚いたのは上条だな」

「うん。また実力がひとつ抜け出た」マレンが冷静な声で評価する。

え、とわたしはハルタの首から手を離す。「……あんた、いつからホルンマスターになったわけ？」置いていかれた感じがした。ショックだった。ハルタの鼻の孔が満足そうに膨らんでいる。

開いた引き戸をノックする音がして、みんなの目が向く。草壁先生が立っていた。表情やしぐさから、みんなの話をずっと聞いていた様子だとわかった。わたしの顔が赤くなる。乱暴な姿を見られてしまった。

　草壁先生はコピーしたスコアを片手に持っていた。

「今日の合奏、忘れないうちに一度だけ通してやってみようか」

　みんなの椅子ががたっと動く。合同練習の合奏では草壁先生は指揮棒をふれなかった。藤が咲高のゴリラ、もとい顧問が仕切ったからだ。片桐部長もマレンも成島さんも、急いで楽器の準備をはじめる。後藤さんは一年生を連れてみんなの譜面台を取りに行った。ハルタもホルンをケースから取り出していた。合同練習では見せなかった真剣な表情をしている。わたしも慌ててフルートの準備をした。一度だけ——。こういったからには草壁先生は二度はやらない。みんなの帰りが遅くならない配慮だとわかっていても、緊張感を味わうことができた。

譜面台の位置取りをしている間、片桐部長が草壁先生に話しかけていた。

「成島とマレン、上条を支える打楽器とトランペットの層が薄いです」

草壁先生は黙って先を促す。部員には限りがある。

「一年生を中心に、まだ変更が可能な部員は楽器決めをやり直します」

「夏のコンクールには間に合わないよ」

「夏？　今年だけじゃありません。来年の夏も見すえて、もっと真剣にやります」

草壁先生が片桐部長を正面から見た。そしてすぐ顔を横に向けて、「ポジション適性はどうする？」

「もう一度自分たちで決めて、先生に見ていただきたいのですが」

草壁先生がまぶたを閉じて微笑む。「いいよ」

「あの……」とチューバを重そうに抱える同級生が遠慮がちに割って入った。「私、基礎練枠をもっと増やしたいです」

私も、と別の声も上がった。

「そのことだけど、明日《あした》から部活動に制限を設けようと思う」

草壁先生の静かな声に、わたしはフルートを下唇から離した。いま、なんて……？

「普門館は大事だと思う。でも、その後の人生のほうがもっと大事だ」

わたしは黙って目を広げる。鵜《う》呑みにできず、自分のスコアが譜面台から落ちたことに気づかなかった。意外にも成島さんとマレンは冷静に受けとめている。ハルタもだった。

草壁先生はみんなを等分に眺めて片手をふり上げた。

「さあ、はじめようか」

2

わたしは自宅の勉強机で瞑想《めいそう》にふけっていた。

合同練習会初日の衝撃的な出来事から二週間。草壁先生が出した指示は、二年生以上は中間、期末テストである程度の成績順位を修めないと、平日六時以降と日曜日の練習時間が短縮されることだった。吹奏楽の本格始動は夏からだ。先生はわたしたちの手をどこまでも引っぱってくれると思っていた。だから戸惑った。足元を支えていたものが揺らいだ気がした。

でも日が経つにつれて、わたしの考えがすこし変わった。二年生になっておとずれた環境の変化も受け入れることにした。それは進学問題。現に四月には三者面談があったし、クラスの中には受験勉強を意識しはじめた友だちもいる。わたしたちの人生は高校を卒業してからもつづく。確かにそうだった。いままでのわたしは普門館という目標がすべてで、その先をまったく考えていなかった。その単純で未来のない思考を、草壁先生に見透かされた気がする。

で、ハルタと成島さんとマレンは成績がいい。わたしだけちょっとあぶない。彼ら三人は先のことはまだ考えていないと笑いながらいうが、学年で二十番以内に入る秀才たちにいわれてもなんの説得力もない。とくに家庭の事情で安アパートにひとり暮らしをしていて、わたし以上に怠惰な生活を送っているはずのハルタにいわれると腹が立つ。ハルタは涼しげな顔でいうのだ。中間試験や期末試験、ましてや大学受験の勉強の八割くらいは学校から配布される教科書を読むだけで充分だと。自己管理ができていないひとたちだけがスポーツジムに通うのと同じことで、自分で勉強できないひとたちが塾に行くんだよと諭された。なんだかいいくるめられた気がするし、全国の真面目な塾生を敵にまわした発言の気もする。そしてチカちゃんは授業の黒板を写すことで満足しているから駄目なんだ、ちゃんと教科書を読まないからできないんだと説教された。しかも一時間程度の予習と復習を毎日するだけでいいと豪語する。そのかわり一日も休んではいけないよと付け加える。

とにかくいまは、ハルタが提唱する勉強方法に頼るしかない。部活動のメニューを真面目にこなしながら、家でもしっかり勉強する。そして後輩の後藤さんたちにこの後ろ姿を見せてあげる。文武両道はきついけれど、単身赴任で頑張っているお父さんに比べればたいしたことはない。よし、やる気が出てきた。

部屋からはテレビもコンポも漫画も追い出した。お母さんは目を丸くしたが、これはわたしの決意表明だ。さあ。やるぞ、とことん、とことん——。わたしはシャープペンを動かす手をとめた。

ふう。やっぱり勉強には息抜きが必要かもしれない。机の引き出しから例のものを取り出す。お父さんの部屋の押し入れから偶然見つけたものだ。わたしはだれも居るはずのない部屋にちらっと目を配り、こそこそとイヤホンを耳につけた。それは使い古された小型ラジオだった。今夜も窓をすこし開けて感度を調整する。

わたしは夜空を見つめた。だれかとめて。

実はわたしは生まれてはじめてラジオというものに触った。そしてラジオが持つ魅力にはまってしまった。それは「耳を澄ませる」ことによって得られる心地よい時間だ。携帯電話で話を聞くのとは違う。もちろんテレビやコンポで音声を聞くのとも違う。わたしは今夜も聞き逃さないよう耳を澄ませる。そういえばスイッチを押してすぐ動作するメディアなんて、意外と身近にないことに気づく。

わたしはこの二週間で街に隠された秘密を知ってしまった。FMはごろも。お母さんにそれとなく聞いたところ、遠い目をしながら税金の無駄遣いだったと語ってくれた。十何年か前に制度化されて、市町村で開設できるようになったローカルラジオ局の名前だ。地域振興を目的とした話題と、地震の多いこの地域での災害情報を配信する名目で立ち上げられたという。しかし蓋《ふた》を開けてみれば、波の音しか聞こえない時間があったり、英語しか話せないアメリカ人のパーソナリティが昭和歌謡曲の特集をやったりして地元民の反発を招いた。いまは物好きな民間会社が引き取って細々とつづけているらしい。CMはほとんど流れないので、採算が取れているのかどうか高校生のわたしでも心配になる。

今夜もわたしはFMはごろもにダイヤルを合わせる。もうすぐお目当ての番組がはじまるのだ。この無茶苦茶面白い番組を、きっと街のほとんどのひとが知らない。自動検知にするとなかなかFMはごろもに合わせられないからだ。だからすこしずつダイヤルで周波数の値を調整していく。怪盗ルパンの金庫破りみたいだ。オープニングテーマのジョン・コルトレーンの「My Favorite Things」が聞こえ出すとドキドキする。定刻通りにはじまらない番組で、たっぷりとオープニングテーマを流すのだ。わたしみたいにもたもたしているリスナーを気遣っているのかな？　考えすぎよね。しばらく心地よいジャズの音を堪《たん》能《のう》する。そういえばはじめてのジャズ体験はいつだったんだろう？　お父さんにビデオで観せてもらった「トムとジェリー」だ。トムのひげでウォーキングベースを弾くジェリーの姿を思い出す。やがてオープニングテーマは常人にはついていけないアドリブの部分でフェードアウトし、一瞬の静寂のあとにパーソナリティの声が聞こえてきた。

日常から非日常に引っぱられる感じ、このはじまり方が大好きなのだ。

〈……リスナーのみなさん、こんばんは。午後九時八分になりました。今夜も街の悩める子羊たちを救います。『七賢者への人生相談』の時間です〉

悩める子羊ちゃんのわたしは耳を澄ませる。パーソナリティの声はたどたどしいけど、そこに親近感が湧いてしまう。このひと、また今日も自己紹介を忘れている。パーソナリティの名前は確かカイユだ。

〈まずはじめにこの番組の趣旨を説明します。名の知れた有名芸能人のラジオでさえ聴取率が一パーセント未満ですので、こんな番組で毎回説明するのは本当に面倒なんです。ようは無駄に長く生きすぎた人生の先輩方にリスナーから悩みをぶつけるだけの企画です。悩みはハガキもしくは気が向いたらお電話でも対応しております。それと申し訳ありませんが、メールでのご連絡はいっさい受けつけておりません〉

いまどきメールでの連絡を拒否するなんて不便だと思う。超低聴取率番組のくせして自ら首を絞めている感じだ。でも意外とハガキがくるのだ。つまりわたしみたいな奇特リスナーのかたい結束でこの番組は成立している。

〈今日も生放送でお送りします。場所は放送局から離れた特別スタジオです。スタジオの奥では、七人の人生のスペシャリスト、この番組では賢者と呼んでいますが、彼らがいまかいまかと出番を待ちわびています。一週間ぶりに遊び相手が見つかった七匹のチワワの姿を想像してください。目の前にすると少々うっとうしいです〉

ブーイングのように畳をばしばし叩《たた》く音が聞こえた。いったいこのラジオの向こう側で、どんな光景が繰り広げられているのだろう。気になる。

〈今夜はハガキの相談からいきましょう。市内の某IT企業に勤める、ラジオネーム『負け犬サラリーマン』からのご相談です。ご指名の賢者は——人生の教祖、DJサダキチです〉

やる気のないカイユの声とゆるい拍手。とはいってもDJたちの突き抜けたこたえを毎回提示するこの番組は、ローカル局ならではのスリリングさがある。

突然、放送事故のような無音時間がつづいた。マイクがかすかなノイズと話し声を拾う。

〈あれ？　サダキチさんは？〉〈二週間ぶりじゃから喉《のど》の調子を整えるといって、奈良の濁り酒を飲みにいったよ〉〈ちょっと生放送だよ。禁酒したんじゃなかったの？〉〈ああ。全部カルピスに入れ替えた。心配せんでいい〉〈不安になるってっ〉

この番組はリスナーさえも不安にさせる。

〈……失礼しました。それではDJサダキチさん、よろしくお願いします〉

〈うむ。なんでも聞きなさい。……ところでITってなんだ？〉

〈質問の前からつまずいてどうするんですか。I【インフォメーション】・T【テクノロジー】の略ですよ。いまどきの情報や通信工学に基づいた——〉

〈なんの略だって？　もっとわかりやすく教えてくれ〉

〈もう、I【インカ】・T【帝国】の略でいいです〉

カイユは放り投げた。

〈インカ帝国なら知っとるぞ。知識は庶民のものではないという傲慢《ごうまん》な考えだから滅んだ国じゃろ？〉

カイユの暴投をサダキチがキャッチした。もしかしてすごい？　ITも大筋似たようなものですよ。

〈なるほど。含蓄のあるお言葉ありがとうございます。さて相談に移りますが、『連日の残業と休日出勤で友人と疎遠になり、彼女もできません。人間らしい生活が送れず、この先不安ですがどうすればいいのでしょうか？』とのことです。そもそも人間らしい生活ってなんでしょうかね？〉

〈仰向けになって寝られることだ。それだけだよ〉

気づまりな沈黙が流れた。ここで打ち切るかどうか迷う沈黙にもとれた。

〈ありがたいサダキチさんの回答でした。負け犬サラリーマンさんはまだ大丈夫ですよ。仰向けに寝られなくなったら、また相談してくださいね。じゃあ次いきます〉

また、沈黙。

〈サダキチさん、もう出番は終わりましたよ？〉

〈……まだここにいる〉

二度目の放送事故がはじまった。

〈ここ狭いんですよっ〉〈じゃあ立っとる〉〈次はヨネさんの番だからっ〉〈だったら儂《わし》がいたほうがいい〉〈それじゃあ静かにしてくださいよっ〉〈儂はＤＪだぞ〉〈サダキチさんの場合はＤ【デンジャラス】・Ｊ【ジジイ】の意味だからっ〉〈濁り酒は甘かったぞ〉

カイユが息切れしている。

〈……時間が押してしまいました。さっそく次に移りましょう。今夜は生電話の相談が入っています。市内の高校生ですね〉

へえ。わたしと同じ高校生なんだ。それにしてもこの番組進行で、生電話で待ちつづけている忍耐強さを尊敬する。

〈ラジオネームは『砂漠のうさぎ』です。ああ、砂漠のうさぎさん。このひとは一ヵ月ぶりですね。それでは前回に引きつづき、恋愛の教祖、ＤＪヨネに相談にのってもらいましょう〉

どこかで耳にしたことのあるラジオネームだと感じた。ヨネさんが登場し、わたしの意識がそっちに移る。サダキチと違って温かい拍手で迎えられていた。かすかに畳が軋《きし》む音が聞こえる。恋愛の教祖、ＤＪヨネ。先週の放送でわたしの心を鷲《わし》づかみにした賢者だ。恋愛の教祖といっている割には生涯愛したのは夫ただひとり。夫からの愛情に感謝しながら、大切に言葉を選ぶかわいいお婆ちゃんなのだ。

カイユが説明を加えた。

〈ええと一ヵ月前のおさらいをしましょう。なんでも同じ部活動の仲間と、同じひとを好きになってしまった方ですよね。なんと片想いの相手は部活動の顧問の先生でした。ライバルとなる親友には、どんな心の傷もつけたくないけど、奪われるくらいなら三枚下ろしにしてさばいてしまいたいという過激な想いに悩んでいましたね〉

わたしと境遇が似ているひともいるんだ。片想いも辛《つら》いけど、親友がライバルってのも辛いなあ。でも三枚下ろしってたとえはひどくない？　ヨネさんはやさしそうに笑っていた。

〈ああ……。思い出したわ。なんでも自分は社会学的に不利だといっていた方でしたね〉

社会学的に不利？　ヨネさんの温かい言葉がつづく。

〈私はそういうときこそ、引くことが一番だと伝えたわ。たとえそれが辛くとも、若いうちに後悔という芽を摘んでおきなさい。それが大人になって、大切な選択をするときに必ず綺麗《きれい》な花を咲かせることになるの〉

ＤＪヨネ、素敵すぎるわ。わたしはボリュームをすこしだけ上げる。やがて生電話がつながり、スピーカーからくぐもった声が聞こえた。

〈ＤＪヨネさん、こんばんは。その節はお世話になりました〉

礼儀正しい声だった。ヨネさんはふふと笑い、

〈またあなたの声が聞けて嬉《うれ》しいですよ〉

〈ぼくもです。今夜はその後の報告をしたくて電話を差し上げました。……結果的にヨネさんの提案を受け入れることはできませんでした〉

〈おやまぁ〉

やっぱりなかなかできないものなのよ。それが本物の片想いなの。わたしには砂漠のうさぎさんの気持ちがよくわかる。

〈DJヨネさん。実は恋のライバルを片想いの相手からすこしでも引き離すために、文武両道の提案を持ちかけて、成績の悪いライバルを部活動が終わったらすぐ帰宅させるようにしたんです。やりすぎかなと、ちょっぴり反省していまして、今夜はその懺悔《ざんげ》をしたいんです〉

〈あれまぁ〉

あははは！　これわたしのことだ!!

3

次の日の朝練。ハルタに会った瞬間、彼の背中を蹴《け》った。ハルタは音楽室を派手なスタントのようにごろごろ転がり、ピアノの脚に頭をぶつけた。

「三枚下ろし？　ちょっぴり反省？」

音楽室にまだだれもいないことを確認して、ハルタの背中をぎゅっと踏む。わたしには
これくらいの制裁権利はある。真面目に勉強していたわたしがかわいそうだ。いや、真面
目にはしていなかったけど。
「……チカちゃん、ごめんなさい」
まだこのヘタレから足を離すわけにはいかなかった。
「……先生と話す機会があったとき、みんなの進路をずっと気にかけていたんだよ。……
先生、進路や進学の話になると思いつめた顔になるときがあるだろ？　見ていたらさ、な
んだか胸がきゅっとしちゃってさ……。それで出来心が生まれちゃったんだ。結果的に、
先生の背中を押すことになったのは謝るよ」
わたしは足を離した。こういうとき、ハルタは言い逃れや嘘はつかない。思えば草壁先
生にはそんなところがあった。去年赴任したばかりで、担任を持たず、顧問の立場でも、
わたしたちがこれから先に進む一歩のことを真剣に考えてくれている。その一歩を踏み間
違えないよう、ときどき神経質な翳《かげ》りを見せるときさえある。
「チカちゃん。先生がいいたい文武両道ってわかる？」
起き上がったハルタが聞いてきた。合同練習会の初日から今日まで、わたしには冷却期
間があった。わたしの学校の男子サッカー部キャプテンは、部活が終わってから夜九時の
塾に駆けつけるらしい。最初はそういうことだと思っていた。

「悔いが残らない高校生活を送ること。部活も勉強も、自分が正しいと思う道なら、なにをしたって無駄な時間はない」

「すごい拡大解釈だね」

「……駄目？」

「いいんじゃない？」

ハルタがピアノを鳴らして、頭をぶつけたことで調律が必要かどうかのチェックをはじめた。この学校では草壁先生がピアノの調律をする。チューニングハンマーで叩《たた》いているところを、ハルタと一緒に陰から眺めたことがある。まだ部員が五人のときだ。

だいじょうぶかな、ピアノ。わたしは音楽室の窓際に移った。朝の風がカーテンとわたしの髪を軽く押した。やがてハルタが問題ない、というふうにうなずき、わたしはほっとする。

「……あのラジオ番組、いつから聴いてたの？」

「高校入学してすぐ。自力で発見した」

こいつと同じベクトルを向いている自分が嫌になる。「ふうん」とできるだけ平静を装った。

「あまり、ひとにはいわないほうがいいよ」

「なんで？」

「番組の存続にかかわる気がする」

わたしは怪訝《けげん》な沈黙を返した。

「あのラジオ番組がはじまったのは二年くらい前なんだ。カイユっていう素人のパーソナリティが、あの時間帯にお爺《じい》さんやお婆さんを七人も集めて、生中継の場所をいっさい明かしていない。興味本位で調べたことがあったけど、文化会館でも老人ホームでも病院でもなさそうだった。どこか浮世離れしているんだよ」

わたしはふと窓の下の光景に目を落とした。ハルタの声がつづく。

「なんかさ、日本の民話や伝承に出てくる隠れ里みたいな感じがするんだよね」

「……隠れ里?」

「口外してはならない隠れ里。だれにも迷惑をかけず、だれも傷つけずに、カイユと七賢者はラジオ番組の中でひっそりと生きている。なんとなく、そっとしておきたいし、下手に広めないほうがいい気がするんだよな」

ハルタの声を耳にしながら、窓の下の光景に目が釘《くぎ》づけになっていた。ヘルメットをかぶった女子生徒が全力で走っていた。塀をよじ登り、向こう側に飛び移る。後れて生徒会長の日野原さんが走ってきた。きょろきょろ首をまわしている。どうやらヘルメット女を追っていたようだ。平日の早朝からなにをやっているんだろう。

関わらないほうがいい、と本能がわたしに告げた。発明部の生々しい一件がよみがえる。

カーテンを閉めて自然なしぐさでふり返ろうとしたとき、見上げた日野原さんと一瞬目が合った。

「……チカちゃん、聞いているの？」ハルタの不服そうな声が響く。

「あ、うん」わたしは動揺を隠した。

「おーい。穂村ー」と窓の下から悪魔の声が聞こえる。

「日野原会長？」ハルタが瞬きをくり返す。

「え？ 生物部のニワトリじゃないの？」わたしはすっとぼける。

「穂村。見ただろ？ 見ちゃったんだな？ 見ーたーなー」窓の下から、小学生のような最低の反応が返ってきた。

「やっぱり日野原会長だ」ハルタが窓枠に駆け寄って手をふった。

「おう、上条か。ちょうどいい。これからそっち行くぞ」

日野原さんの荒々しい声を耳にして、わたしは急いでフルートの準備をはじめる。これから朝練だよ。わかってるの、ハルタ？

日野原さんが音楽室の引き戸を開けたとき、朝練に参加する部員のほとんどが揃《そろ》っていた。心強い仲間が増えてわたしは安心する。日野原さんはずかずかと入り込んできて、片桐部長の肩に手をおいた。

「いいところで会った。遅れたが、今年度の吹奏楽部の予算が正式に決まった。紙とペンを」

一年生が使い古しの五線紙とサインペンを、盆に載せて差し出すように渡した。日野原さんが裏側にペンを走らせて片桐部長に突き出す。たぶん予算額を口頭でいわないのは、一年生に対する配慮だと思った。片桐部長はひざまずき、そのまま四つん這《ば》いになった。配慮もなにもあったもんじゃない。

肩越しにのぞき込む成島さんがふうとため息をつく。いったいどれくらいの予算だろう。気になる。

「ホラー映画の予告みたいか？」日野原さんが感想をきく。

一年生の後藤さんが日野原さんのすねを蹴って、わたしの背後に隠れた。彼女は日野原さんと相性が悪い。

「お前ら、俺を敵だと思っているだろ？」日野原さんは涙目で後藤さんを睨《にら》みつけ、椅子を勝手に引っぱってきて音楽室に居座ろうとする。

「これから練習なんですけど？」わたしはぽつりと嫌味をいう。

「五分で終わる。五分の価値のある話だ。それくらいの時間は取り戻せ」

「……特別予算を、去年より余分に計上していただけるのですか？」マレンが丁重な物腰で喋《しゃべ》った。

「いや。去年通りだ。吹奏楽部の実績は説得力がない。特別扱いするとおかしくなる」

「敵だ」みんなで声を揃えた。

「俺は間違ったことをいったか？　お前らこそ敵だ」日野原さんが逆ギレした。

「あの、話を進めませんか？」ハルタのよく通る声が響く。

「いまから俺は正論からすこし外れた話をする。そのつもりで耳を澄ませろ」

日野原さんが声の調子を落としたので、みんなで耳を澄ませた。

「俺としては吹奏楽部に助け船を出してやりたい。顧問の指導力は折り紙つきだ。そこそこメンバーも揃った。これからのお前らの活動と成果をちょっと見てみたい気もする」

みんな首を縦にふって、さらに耳を寄せる。

「吹奏楽部の本格活動は初夏からだ。お前らみたいな少人数でもレベルを上げるやり方はある。まずお前らは顧問に恵まれているから、弱小でも強豪校との合同練習や強化合宿の参加、密な情報交換が可能だ」

「……どういうこと？」わたしはハルタの耳元でささやく。

「……指導者のバーター。外部から招くより、ぼくらと組んだほうが安上がりだ。現に草壁先生は何校か打診している」ハルタが小声でこたえる。

知らなかった。日野原さんは椅子に座り、ふんぞり返ってつづける。

「まだまだ部員を増強したいんだろ？　楽器の在庫のメンテナンスには金がかかる。遠征にも金がかかる。運搬にも金がかかる」

「金、金、ってうるさいわね」成島さんがぼそっとつぶやいた。しかし核心をつかれているので語気が弱い。

「ん？　最悪、金の問題は放置してもいいんだろ？　お前らの顧問なら身銭を切って工面するだろうから」

さらに核心をつかれて、みんながしゅんとする。

「王様、そろそろ本題を。その正論からすこし外れた話ってのを、庶民にぶちかましてください」

ハルタが揉《も》み手をして近づいた。いつからこいつはプライドを失ったのか。

「今年の予算枠で二十万円の配分を受けた文化部がある。ちなみに去年の野球部が三十万円だ。その文化部が予算の辞退を申し出た。やつらは学校の金を一円も使おうとしない」

みんながざわめく。

「当事者同士の話し合いで予算を移すなら、他の部から文句は出ないだろうな〜。俺が橋渡ししてやってもいいんだけどな〜」日野原さんは唄《うた》うようにつぶやく。

「何部なの？」わたしは興味本位でたずねる。

「地学研究会」日野原さんがこたえる。

みんながまたざわめいた。聞いたことある？　ないない。普段耳にしない文化部だった。

大会実績もなさそうだし、どうやったら二十万円もひねり出せるのか不思議だった。

「……なんとなく、きな臭い感じがするんだけど」わたしが経験からものをいうと、同じ経験を共有したハルタとマレンもうなずいた。

「クリーンな話だ。俺を信じろ」

「どうして私たちにこんな話を持ちかけてくれるの？」成島さんが眼鏡を拭《ふ》いて疑わしげな目を向ける。

「話は最初に戻る。俺はお前らの活動と成果に興味がある。助け船を出してやりたい」

「どうせ交換条件があるんでしょ？」わたしは口を尖《とが》らせた。

「もちろんだ」日野原さんが真顔に戻った。「お前ら、俺に手を貸せ。地学研究会の部長をつかまえて生徒会室に連れてくればいい。恐ろしく逃げ足が速くて困っているんだ」

ふと脳裏に、全力で逃げるヘルメット女の姿が浮かんだ。慌てて首をふって頭から追い出す。日野原さんの声はつづいた。

「ただし手荒な真似はぜったいするな。本人の同意のうえで、穏便に連れてこい」

「すでにきな臭い部分を発見しました！」手を挙げたのは後藤さんだった。相変わらず元気がいい。合同練習会の失敗を引きずっていなくてほっとした。

「いって」わたしは後藤さんの背中をぽんと叩《たた》く。

「どうして地学研究会は、学校の予算を一円も使いたがらないんですか？　どうして部長は逃げまわっているんですか？」

　みんなが大きくうなずいた。

「説明すれば長くなる」日野原さんは袖《そで》を引いて腕時計に目を落とした。「……おっと、もう五分が経ったか。つづきは放課後に話すから、お前らの中から代表者を選抜しろ」

　わたしの背中をぐいぐい押すたくさんの手があった。なに？　なんなの？　ふと見ると、片桐部長が揉み手をして日野原さんに近づいていた。

「うちの元気娘を差し出します」

「なんでヘルメットをかぶった変態と、追いかけっこをしなきゃならないのよっ」

　後藤さんがはっと顔を向け、「先輩、すでに面識があるんですか？」ときらきらした目を向けてきた。

「ないないないない、ぜったいない！」

　日野原さんが椅子から立ち上がり、白い歯を見せてわたしの肩に手を乗せる。

「またお前だな。潔く諦《あきら》めろ」

「だってわたし忙しいもん」

「は？　忙しいだなんて、時間を持て余している馬鹿な大人がいう台詞《せりふ》だぞ」

　わたしは涙目になり、日野原さんの鼻をつまむ。「全国のお父さんに謝れ」

　ふごふごいっている日野原さんをよそに、片桐部長がわたしの腕を引き、みんなから離した。

「穂村。ここはひとつ、吹奏楽部を助けると思って、ひと肌脱いでくれないか」

「なによ。裏切り者」

「俺が金の亡者みたいな言い方だな……。確かに金は必要かもしれない。でも金がすべてじゃないことだってわかっている。金、金って、おれたちみたいな高校生が金にふりまわされるのはまっぴらだ。金のことなんかどうにでもなるんだ。金がなんだ。畜生、金なんて……」

もうわかったから、わかったから。

「それより俺が知らないとでも思っていたのか」片桐部長が急に声を潜める。「お前、ひとりでバイトをはじめるつもりだったんだろ?」

わたしは沈黙した。隅でかたまっている一年生に目を向ける。ひとり、トランペットをはじめたばかりの娘がいた。部員はわたしみたいに入学祝いでフルートを買ってもらえるような家庭環境の生徒ばかりじゃない。彼女は音楽準備室で眠っていた楽器を漁《あさ》って、ようやく使い古されたトランペットを見つけた。汚れも匂いもひどい状態だった。彼女は毎日磨き、調律をくり返しながら大切に吹いている。専門店に出せばもっときれいにしてもらえるし、悪い部分もちゃんと直してもらえるし、きっと愛着も湧く。バイトなんて手段は間違っているかもしれないけど、わたしができる方法でなんとかしてあげたかった。お金は必要だった。

「いいよ」わたしは小さくつぶやき、ただし、と条件をつけた。「基礎練が完璧《かんぺき》にできているあいつも」

音楽室にできた朝の日向《ひなた》で、猫みたいに目を細めて和んでいるハルタを指さした。

二時限目の休み時間。

教室移動の途中でライターが廊下に落ちているのを見つけた。よく見るとイヤホンが伸びている。拾い上げて唸《うな》った。ミニラジオだった。お父さんの小型ラジオと比べて隔世の感がある。電源が入りっぱなしだったので、だれかが慌てて落としていったように思えた。周波数は77.4MHz……。名無し（77.4）の周波数。わたしはとっさにイヤホンを耳につけて聴く。

ザザ、ザザザザと遠くに聞こえる波と風の音。案の定、FMはごろもだった。わたしが住む市内には昔、天女がはごろもを奪われたと伝えられている有名な海岸があるのだ。この局は昼間、予算がないためか、それともわたしには想像できない崇高な理由があるためなのかわからないけど、市内の名所の雑踏をリアルタイムで流すことがある。自然が奏でるヒーリングミュージックを目的としているのか、電波の無駄遣いなのか、おそらく後者に違いないと思いながら聞き流していると、波の音の向こうから聞き覚えのある話し声が届いた。

〈ヤス！　登ってこい、這《は》い上がってこい。おまえは志半ばで倒れていく勤王の志士だ！〉

〈スケキヨさん、静かにしてください。いまぼくはヤスでもなければ、あなたは銀ちゃんでもないんですよ。どうして波の音の収録の邪魔をするんですか？〉

〈階段落ちはヤスの使命であり、ヤスの終わりでもある――〉

〈ひとの話を聞いてくださいよ〉

　この声はカイユとDJスケキヨの声だった。確か元舞台俳優で、七賢者の中では一番呆《ぼ》けが進行しているお爺《じい》さんだ。

〈番組はまだなのか？〉〈だから連れてきたくなかったんだっ〉〈お前には、儂《わし》の背中に浮かんでいる孤独のコの字が見えねえのかなあ〉〈黙って座っててよっ〉

　なんで昼間から、彼らの声が聴こえるの？　この混沌《こんとん》とした会話のつづきをもっと聴きたかったが、次の授業のチャイムが鳴った。


　放課後がおとずれた。

　薄暗い視聴覚室で、日野原さんがプロジェクターの準備をうれしそうにはじめる。

　わたしとハルタは椅子にちょこんと座ってスクリーンを眺める。日野原さんは差し棒を持ち、壇上に立った。なんとなく既視感のある光景だった。スクリーンに映像がぱっと映る。ヘルメットをかぶった女子生徒を真正面から撮った写真だった。小さなヘッドランプを装着している。携帯電話のカメラで撮ったせいか、画像はすこし粗い。

日野原さんが手元のぶ厚い資料を読み上げる。

「彼女の名前は麻生美里《あそうみさと》。二年D組、地学研究会の部長。部員数は八人だが、発明部と違って結束は鬼のようにかたい。ちなみに彼女は、生徒会執行部で管理しているブラックリストに載る問題生徒だ。去年、旧校舎の一部を取り壊す前日、実施研修という名目で夜中に忍び込んで部員に採掘の練習をさせていた。器物損壊であやうく検挙されるところを、生徒会の力で揉《も》み消している。演劇部の名越や発明部の萩本《はぎもと》兄弟と同類と思ってくればいい」

わたしは椅子から立ち上がり、口をぱくぱくさせて鼻息を荒くした。いったいどこがクリーンな話なのか教えてほしい。

「美人だね」

ハルタがぽつりとこぼした。異性としてではなく、出来のいい工芸品を眺めるような、断定的ないい方だった。こういうところが、わたしをひやひやさせているということに彼は気づかない。

わたしは改めて麻生さんの顔写真を観察する。長い黒髪、小顔で人形のように均整のとれた目鼻立ち、真っ白な肌。ヘルメットが邪魔だが確かに美人だ。

日野原さんが資料を読み上げる。

「かいつまんで説明するぞ。まず地学研究会の活動内容から。通常なら天文、気象、地質の三分野の知識探求だ。それぞれの具体的な活動は天体観測、観天望気、鉱物採集になる。ところが麻生が入学した去年、地学研究会は廃部の危機にあった」

「麻生さんが立て直したわけね」

一応わたしはいった。話の流れから当然だ。

「その通りだ。彼女の面白いところは活動分野をひとつに絞ったところだ。それは地質だ。地質の中でも限定して、高校生らしい好奇心をくすぐる宝石採掘に絞った。彼女は宝石を採掘すること以外に興味はない。ついでにいうと部室は発明部の隣にあって、引き戸には『宝石だけは嘘をつかない』という貼り紙がある。面白いから、今度遊びに行ったらどうだ？」

話が変な方向に転がってきた。いったいどこの世界のトレジャーハンターだ。なんでわたしのまわりには、こういう頭のおかしなひとが集まってくるのだろう。磁石か？　わたし。

「日本で宝石なんか採掘できるの？」ハルタが質問した。

「実はかなりの種類がある。ただし微量だ。だいたい日本は私有地が多いから、採掘自体に制限がある。侵入がばれたら怒られるってレベルじゃない。犯罪だ」

「興味が出てきた」ハルタが椅子に座り直す。「じゃあ去年、麻生さん率いる地学研究会はどういう実績を残したの？」

「お前らも覚えておけ。麻生が優れている点のひとつは『選択と集中』だ。あいつらが去年やったことはひとつ、挙げた成果もひとつだ。県立大の地学研究会の地質班に、手伝いとして同行した」

「……県立大の地学研究会。去年、新聞に載っていたね」ハルタが反応した。

「上条、話が早いな」日野原さんがにやりと笑う。

「あんた新聞読んでるの？」

思わずハルタに目をやると、日野原さんが差し棒でぺしぺしとスクリーンを叩《たた》いた。

「ここはひとつ、やさしくて人気者の生徒会長がわかりやすく説明してあげよう。去年の一年間、県立大の地学研究会の地質班はある奇妙な行動をとった」

「……奇妙な行動？」

「ああ。一般的な地質班の活動内容は地質巡行だ。地質巡行とは、各地をまわって採掘や収集を行うことだ。地層のある崖《がけ》をハンマーでこんこんと叩くイメージを思い浮かべろ」

頭の中でイメージできたわたしはうなずく。

「彼らの地質巡行に、高校生の麻生たちが同行していたことになる。違和感を覚えないか？」

違和感……。やつらは学校の金を一円も使おうとしない――日野原さんの言葉を思い出した。

「お金の問題。巡行するのに費用がかかるでしょ？　どうやって捻出《ねんしゅつ》したの？」わたしはいった。

「そうだな」

「だよね。電車代や宿泊代も馬鹿にならなそうだし」

「もちろん麻生たちは一円も使っていない。手弁当くらいだ。活動内容そのものを、自分たちの力で変えたんだ。その年、県立大の地学研究会の地質班は、活動内容に徒歩の市内巡りを入れた。いっておくが、鉱石が採掘できる地層は市内にはない」

わたしは首を傾げる。

「デパートの床や壁の御影石に、アンモナイトの化石が交じっていることがあるだろう？　あれを探すイメージをすればいい。彼らが巡ったのは市内の公園、記念碑のある場所、施設の廃墟《はいきょ》だ。花崗岩《かこうがん》（御影石）の二次加工物、建材やオブジェをくまなくチェックしていった」

日野原さんはスクリーンの映像を切り替えた。ぱっと新聞の切り抜きが表示された。その記事を読み上げる。

「……一般的に花崗岩中の鉱物粒子は数ミリから数センチ程度、それ以上の大きさのものを含む花崗岩を『花崗岩ペグマタイト』と呼ぶ。中に空洞が存在して、美しい水晶やガーネットやトパーズの結晶を含むことがある。県立大の地学研究会は、明治時代初期から市内で『花崗岩ペグマタイト』が流通していた記録を突きとめた。彼らの粘り強い調査の結果、閉鎖された郷土資料館の廃品オブジェから、四センチ四方のレインボー・ガーネットを発掘するという快挙を成し遂げた」

レインボー・ガーネット……？　わたしは固唾《かたず》を呑《の》んで聞き入る。なんだかすごい名前の響きだ。

日野原さんは手元の資料に目を移してつづけた。

「この快挙は全国紙に取り上げられてテレビでも放映された。おかげで県立大の地学研究会は日の目を見るようになった。しかし大学生の彼らを裏で動かしていたのは、高校生の麻生たちだ。市内にある花崗岩ペグマタイトの流通経路と時期を細分化して、レインボー・ガーネットが発掘される可能性とその根拠を、百二十枚にも及ぶレポートでまとめて県立大の地学研究会に提示した。資料だけではなく、自らの足と耳で得た情報と、その裏づけは、素人の俺でさえその根拠の高さがわかる内容だった」

わたしは目を見張り、深々と息を吸い込む。スクリーンに再び麻生さんの写真が映された。何度も見る。そしてやっぱり首をひねる。

「天才……なの……？」

「わかってないな、穂村は」

わたしは唇を尖《とが》らせた。

「麻生たちは高校生の自分たちにできることを真剣に考えたんだぞ。あいつらが大学生と対等になるために学んだのは専門的な地質学じゃない。市内の歴史だ。市内の歴史というのは資料から得るのではなく、その時代を生きて生活してきたひとたちの伝聞から得られるものなんだ。きっと石材加工業者や学校関係者（記念碑）、老人宅をまわって聞き込みをしたんだろう。レインボー・ガーネットは奈良県吉野郡の天川村付近で実際に発掘されているから、おそらくあいつらは過去に遡《さかのぼ》って奈良県からの流通をひたすら追いかけたんだ。発掘の快挙は偶然じゃない」

黙って聞いていたわたしはぽかんとし、自分が馬鹿な高校生になったような気分がして、なけなしのプライドを総動員させて手を挙げた。

「どうした、穂村？」

「……解せない。大事なところが抜けてる」

「どこがだ？」

「それだけの貢献度があったのに、わたし、集会で地学研究会が表彰状をもらっているところを見たことない」

「そうそう」隣に座るハルタが追随した。「新聞にも載っていなかった。たぶん麻生さんたち地学研究会の活躍は、いっさい表に出ていないはずだ。吹奏楽部のみんなも、部の存在そのものを知らないひとが多かったし」

「そのことか。最初に話せば良かったたな。手柄を全部大学側に渡したんだよ。自分たちの協力はいっさい伏せた」

「はあ?」わたしは首を伸ばして呻《うめ》いた。「なんてもったいない」

「まあな。ただ去年の活躍のおかげで県立大の推薦枠がひとつ増えた。二十万円の予算枠は校長先生からの直接の指示だ。公立校では異例中の異例の処置だが、別の理由もある」

「……別の理由?」わたしはくり返した。

「ああ。だがその特別予算を麻生たちは突っぱねた。断言するが、間違いなく使わない。学校からもらった金なんて、目の前でミキサーにかける連中だ。あいつらは学校を毛嫌いしている。毛嫌いというか憎んでいる。部活間交流もしないし、クラスで友だちをつくろうともしないし、単位はぎりぎりで授業に出席している」

なにかが矛盾していると思った。日野原さんはわたしの表情から察したようだった。

「穂村。そうまでして、学校と関わりたい生徒がこの世にいるんだぞ」

謎かけに思えた。

隣のハルタを見た。頭の後ろで両手を組んでスクリーンを眺めている。どきっとした。

なにか思うことがあるような、真剣で強すぎるくらいの視線を注いでいた。どうして？

やがてハルタは居心地が悪そうに口を開く。「そろそろ麻生さん率いるドリームチームの正体を教えてくれませんか？」

「上条も薄々勘づいたんだろ？　お前も一時期はそうなりかけたんだからな」

「まあ……」歯切れが悪かった。

どういうこと？　わたしひとりだけがきょとんとする。

「遅かれ早かれお前らは知ることになるだろうし、変な雑音がお前らの耳に入る前に、俺の口からはっきりいっておく」

日野原さんはふた呼吸分くらいの間をおいて、教えてくれた。

「地学研究会は元引きこもり生徒の寄せ集めだ。麻生自身、中学時代の三年間に登校した日数は三ヵ月にも満たない。麻生がつくった駆け込み寺。コロニーだ」

「麻生になにがあったかわからないが、この学校に入学してすぐ地学研究会を立ち上げたんだ。そして七人の引きこもり生徒を説得して、部活動という形で再び学校に通わせるようにした。麻生の説得が通じなかったのは、ひとりの男子生徒だけだ。残念ながら彼は留年したが、それでも生徒指導の先生ができなかったことを彼女はやってのけた」

校長から特別視されている理由がわかった気がした。

「……あの」わたしは低姿勢でたずねる。「どうやって引きこもり生徒を？　わたしも将来はお母さんになる予定なので、参考までに教えてくれれば……」

日野原さんはスクリーンの映像を麻生さんの写真に切り替え、

「この美貌《びぼう》で」

そして差し棒をわたしに向け、

「家に押しかけて『お前の力がどうしても必要だ』と面と向かっていったんだ」

わたしはハルタの顔色をうかがう。どうですか？　ハルタは深くうなずいていた。え？　そうなの？

「穂村。ハリウッド映画やアニメの世界では王道のストーリーパターンだぞ」

「はい？」

「あなたは勇者の末裔《まつえい》です。世界を救うためにあなたは選ばれました。麻生の美貌なら相手がたとえ女子生徒でも通じる。上条、そう思わないか？」

「ぐっときました。日常を変える運命の女神様降臨、ですね」

わたしにはついていけない。ハルタはふっと唇の端に笑みを浮かべ、

「ただ麻生さんは自分の言葉にちゃんと責任をとったんでしょう？」

「まあな。彼らに自分の壮大な夢と、それを叶《かな》えるための詳細な計画を話した。目標を共有して仕事を分け合ったんだ。これは重要なことだ。世の中から必要とされないと悩んで

きたひとにとって大切なことなんだ。地学研究会の部室に行くとすごいことになっているぞ。部員たちの自宅のパソコンを部室に全部移して、配線だらけになっている。ざるそばみたいな状況だ」

壮大な夢……。「夢ってなんなの？」素直な気持ちで訊《き》いてみた。

「一年目はレインボー・ガーネットの採掘」

「待って。手柄を大学側に全部渡しちゃったんでしょ？」

「手柄と名声はな」

わたしは黙って息をつめる。

「公表された結晶は四センチ四方。だが麻生は六センチ四方のものを手に入れた。一度見せてもらったが、思わず『えっ』と声をあげるほど素晴らしい虹色《にじいろ》の鉱石だった」

「手に入れてどうしたの？」口にしたくなかったが聞きたかった。「お金のため？」

「金じゃない。成功体験だ。普通の高校生じゃ成し得ないことを、自分たちはやり遂げた。レインボー・ガーネットを手に入れた日、地学研究会の部室からは泣き声がやまなかった。鉱石は麻生がタイムカプセルに入れて、校舎のどこかに埋めたそうだ。何十年か後の再会を約束して」

わたしの目が潤んできた。「……女神様です」

「ヘルメットをかぶるのは、なにか理由があるんですか？」ハルタがたずねた。

「日常と非日常を切り替えるスイッチだそうだ。あれはあれで軽い男が近づかなくて便利だともいっていたな。彼女は色恋沙汰《ざた》に興味はまったくないし、恋愛思考回路はゼロだ。そこが部員に支持されている理由にもなるな」

「ひとを幻滅させる要素のひとつは、恋愛ですからね……」

ハルタがしみじみと返して、あんたがそれをいうの？　とわたしは目を剝《む》く。

「どうして麻生さんが日野原さんからこそこそ逃げまわって、わたしたちが生徒会室につれていかなきゃならないのよ？　もっと胸を張って堂々としていればいいのに」

「大事なところだな。麻生たちは今年も県立大の地学研究会と活動することになっていた。なんだかんだいって、大学生たちの知識や経験や採掘におけるノウハウが必要なんだ。麻生たちは市内にもう一種、レインボー・ガーネットを上まわる鉱石が隠されていることを突きとめていた。当然、期待は大きかった。だが麻生たちは途中下車したんだ。大学側からの再三の連絡に対し、素っ気ないメールを返した。俺にもccで届いていたから、いまからプロジェクターに映すぞ」

【ああ。あれなら見つかったが、見つからないふりをしている。以上】

「もともと大学側と契約の取り交わしはしていない。口約束のボランティアの関係だ。大学側は高校生という立場を気にかけたうえで事情を知りたがっている。第三者を介してもいいとまでいわれ、生徒代表として俺に話がまわってきたわけだ。まったく、俺には汚い大人の利権の世界が垣間見えたよ」

わたしにも、生徒代表が下っ端の生徒をこき使う汚い構図が垣間見えた。

「この際、吹奏楽部の部員総出で追いかけっこをしてでもいいから、麻生を懐柔して生徒会室まで連れてこい。予算のスライドは、お互い納得する形で俺がまとめてやるから」

わたしは肩を狭めてうつむき、「いままでの話を聞いて、予算のスライドは申し訳なくなっちゃったな……」とつぶやく。

「は？　だれかが使わないと、あいつらは紙飛行機にして校舎の屋上から飛ばすぞ」

わたしは喉《のど》の奥で呻いた。

「今年採掘する予定だった鉱石はなんだったんですか？」ハルタが思い出したように訊く。

「トパーズだ。天然のブルー・トパーズ」

日野原さんは窓のカーテンの隙間からもれる茜色《あかねいろ》の陽に目を投じて、

「――またの名を、落日の宝石」

4

帰宅したわたしは晩ご飯をあとにして、どたどたと階段を駆け上がって自分の部屋に飛び込む。

机の引き出しから小型ラジオを取り出した。時間は午後九時十分。成島さんの家に寄ってすっかり遅くなった。窓をすこし開けてアンテナを伸ばし、ＦＭはごろもに周波数を合わせる。手動がもどかしい。

〈……『七賢者への人生相談』に入る前に、毎週火曜日恒例の電波ジャックの時間です。今夜は先週に引きつづき、ＤＪスケキヨが登場して創作昔話を披露します。これから朗読するのは『うさぎとかめ』の数十年後の話です〉

間に合った。ちょうどＤＪスケキヨが恒例の昔話をはじめるところだった。カイユがつくった創作物語という名のリハビリを、今夜も噛《か》まずに読み上げることに挑戦している。ＤＪスケキヨが噛んでしまったらつづきは来週になってしまう。元舞台俳優だけあって、結構渋い声で朗読するのだ。がんばれ、ＤＪスケキヨ。

オープニングテーマの「にんげんっていいな」のメロディが流れる。いいな～いいな～人間って、いいな～。

〈……レースに勝利したかめは賞金を元に外資運用、不動産業を手堅く広げて資産家になりました。そしてあのレースを元に書いた自伝『一心☆不乱』がベストセラーを記録し、動物界の重鎮になり、政界にも進出して、公約の『今年中に十二支解散！』を実行できる立場になっていました。一方、かめに負けてしまったうさぎは動物界での信用を失い、働いていた動物郵便局運搬係を解雇されて失踪《しっそう》。残された妻が昼は弁当屋、夜は『キャバレーピンクうさぎ』で働いて子供たちを養っていました。そして時は経ち、再び開催された『うさぎとかめ』レース。孫がめは特注カマロでスタートラインについていました。一方、傭兵《ようへい》上がりと噂の孫うさぎの姿が見あたりません。すると突然、特注カマロの窓に銃弾のひびが入りました。するすると防弾ガラスを開けた孫がめが、観客席の屋根から狙撃した孫うさぎにいい放ちました。

「いまのがスタートの合図なの？」

レース会場が亀財閥の私有地だと知らずに、孫うさぎは葉巻に火をつけ、颯爽《さっそう》とパラシュートで降り立ったのでした——〉

孫うさぎが特注カマロに撥《は》ね飛ばされたところで、DJスケキヨが噛んだ。え？　孫うさぎの安否は？　DJスケキヨの声が無情にもフェードアウトし、パーソナリティのカイユの声が届いた。

〈——DJスケキヨのジャックタイムは先週より二分も更新して四分三十二秒でした。楽しいリハビリが送れるのも、リスナーの懐の深いご理解のおかげです。それでは先日お伝えしたように、DJサダキチの略奪結婚のエピソードから入りましょう〉

人生の教祖サダキチが略奪結婚……。その激しい生き方にノックダウンされそうだった。

もう勉強どころじゃないぞ。気を引き締めてボリュームを上げる。

〈サダキチさん。街灯を先導に仲人《なこうど》、親戚《しんせき》がつづき、人力車にのった白無垢《しろむく》の花嫁が揺られていた光景なんて、まるで狐の嫁入りみたいな話ですね〉

〈まあな。恋愛の仕方がわからない若者が多いのは、いまも昔も変わらん。当時は見合いで結婚する若者が圧倒的に多かったなあ。とくに田舎ではなあ……〉

〈だからといって、馬に乗って駆けつけたサダキチさんが、道を塞《ふさ》いでいい理由にはなりませんよ〉

馬か。わたしにも馬さえあればいいと思う。

〈……ところでサダキチさんは、乗馬の経験があったんですか？〉

〈ないなあ。悪友に無理いって借りたんだ。馬のとめ方だけ教えてもらった〉

〈まったく、人生の大一番になんとも無茶なことをしますね。まるでダスティン・ホフマン主演の『卒業』みたいな話です〉

〈今回の相談者はだれだっけ？〉

〈ラジオネーム『自殺予備軍』です。忘れないでくださいよ〉

〈自殺か。昔、二年くらい前か、生電話で相談にのった中学生の少女を思い出すなあ〉

〈覚えていますよ。最初はからかうつもりで電話をしてきたんでしょうね。なのに……〉

〈あの少女も死にたがっていたな〉

〈ええ。最後は大泣きさせちゃいましたね〉

しんみりとした雰囲気になった。

〈『自殺予備軍』といったな、あんたはまだマシな気がするぞ。受験に失敗したからといって、自分を人生の負け組と決めつけるのは間違っとる。そもそも人生に勝負なんてなかなか起こらないものなんだ。受験は勝負じゃない。社会人になってからの出世競争も勝負じゃない。本人の努力次第で決まる結果は、勝負とはいわないいんだ。勘違いしないでほしいなあ〉

〈サダキチさん、いま、いいことといいましたよ。それでは人生の教祖として、リスナーのためにもっと突っ込んだアドバイスをしてください〉

〈勝ち負けを気にするひとは、有り金全部持って、雀荘やパチンコ屋に行ってくるといい。手っ取り早く、圧倒的で、理不尽な負けを経験することができるぞ。儂《わし》に相談するのはそれからだ〉

〈いつもながら、わかりにくい説明ありがとうございます〉

〈なあに、礼にはおよばん。ところでお前がさっきいっていた映画は、ハッピーエンドになったのか？〉

〈それはわかりませんけど、本人たちにとっては——〉

音声が途切れて消えた。バーテンダーのシェイカーみたいにラジオをふった。他の周波数に合わせても、電池を交換しても聞こえない。お父さんの古い小型ラジオが壊れてしまった。儚《はかな》い寿命だった……。

後ろ髪を引かれる思いで、わたしは制服を脱いで着替える。ジーパンに足を通しながらカイユとサダキチのトークを思い出した。人生の勝ち負け——。今回はどこか愁傷というか、侘《わび》しさを感じた。死にたがっていた中学生の少女なんて、恵まれて生きてきたわたしには想像もつかない。

階段をとたとたと下りると、キッチンから聞き慣れた声がした。

「今夜はカレーでしたか」「そうですかカレーですか」「カレー……かぁ」「カレーだと思ったんだよなぁ」

ハルタの声だった。お母さんが楽しそうにご飯にカレーを盛っている様子が伝わる。わたしは足音を忍ばせた。

「あ、お母さん。スプーンはおかまいなく。ぼく、地球にやさしいマイ箸《はし》を持っていますから」「すくってはこぼれ、すくってはこぼれる……。まるでチカちゃんの初恋のようですね」

お母さんが大笑いし、わたしは足音を荒立ててキッチンに躍り出た。テーブルではハルタが食べにくそうに、お箸でカレーを食べている。ハルタは遠慮がちに、わたしのお母さんのほうに向き直り、

「あの。お母さん、そろそろスプーンを……」

「スプーンは出さなくていいから」わたしは遮って、ハルタの正面に座った。

ハルタが皿を仰ぐようにして箸でかきこむ。こんな形でカレーを食べるひとをはじめて見た。わたしの食欲が萎《な》え、スプーンで自分の分のカレーをいじりながらハルタにたずねる。

「晩ご飯たかりにきたの?」

「いや。報告」説得力のないことをいってハルタがサラダに取りかかる。「今日の部活が終わったあと、後藤さんたち一年生が麻生さんを見つけて健気《けなげ》に追いかけてたよ」

わたしはスプーンを持つ手をとめる。「何時の話?」

「七時過ぎ。先生に見つかる前に、ぼくが帰したけど」

ほっと胸を撫《な》で下ろし、再びスプーンを動かす。ハルタはきゅうりをかりかりとかじっている。

「もうやめよう」わたしは厳しい声でいった。

「麻生さんを追いまわすこと? ちゃんと宣戦布告のメールは日野原さん経由で打ったんだ」

「宣戦布告? 返信はあったの?」

「あったから追いまわしているんだ。【かかってこい。以上】」

「なにそれ」わたしはスプーンを落としそうになる。

「片桐部長は明日、練習前に部員総出で網を張る決意をしたよ。どうやら地学研究会も、部員を揃えて迎え撃つ気らしい」

戦国時代の合戦かと思った。

「……たぶん、限界を感じているんだよ」声を落としたハルタが、ミニトマトを口に放り込む。

「そりゃあわたしたちは、いつまでもかまっていられない」

「違う。限界を感じているのは麻生さんのほう」

「え」

「チカちゃんが拾ったミニラジオ。落とした本人が職員室まで取りにきたみたいだよ。草壁先生から聞いたけど、麻生さんのものだった」

え？　そうなの？　わたしはすこしびっくりした。ハルタは頬を動かしながらつづける。

「こんな不毛な追いかけっこは、すぐ終わらせたほうがいい」

「終われるの？」

「麻生さんのメッセージ、【見つかったが、見つからないふりをしている】の意味を考えた。メッセージ通り、たぶん彼女は落日の宝石、ブルー・トパーズが眠る場所の特定は済んでいるんだ。でも採掘できない事情がある。その場所をだれにも教えたくない」

「……どうして？」

ハルタは持参したポケットティッシュで口を拭《ふ》いていった。

「この街の、隠れ里の場所も知ってしまったから」


翌日の放課後。驚いたことに部活が突然休みになった。普段は休日も練習しているから、てっきり自主練でもするのかと思ったら、校舎のグラウンドでは後藤さんたちが首をまわしてうろうろし、片桐部長が「麻生はどこだ」と口に両手をあてて叫んでいる。

わたしは部活を休みにした草壁先生を捜して歩き、校舎の四階の図書室で見つけた。窓際の長机に、隣の郷土資料室から運んできたファイルや本が山積みになっている一角があった。草壁先生はそこに座って、ひとり考え込むしぐさで眼差《まなざ》しをグラウンドに向けている。

わたしは草壁先生に近づいて頭をぺこりと下げた。「すみません、みんな馬鹿で」

草壁先生と視線が合い、どきっとする。

「驚いたよ。君たちが地学研究会と知り合いになっていたとは」

「……あの。地学研究会のこと、ご存じなんですか？」

「三年の麻生美里さんは教師の間では有名人だよ。本人も部員たちも単位が不足気味だけど、きちんと卒業させることで意見が一致している」

そのとき、わたしの背中に静かな足音が届いた。

「ありがとうございます」

思わず飛び退《の》いた。制服姿の麻生さんが立っていた。今日はヘルメットをかぶっていない。彼女は深々とおじぎをしてから顔を上げた。長い髪が肩からほつれ落ちる。間近で見てますます美人だと思った。

「わざわざ呼び出してすまなかったね。君は宝石が好きだと聞いたけど」

首をまわした草壁先生が、落ち着いた声で問いかける。

「……はい」麻生さんは進んでグラウンド側の窓に手を添えた。

「よかったら理由を聞かせてくれないかな？」

「宝石の価値を知るための物差しは、年齢でもなければ経験でもないんです。宝石を照らす太陽の光なんです」

「太陽の光？」わからないように草壁先生は返した。

「石自体が美しいんじゃなくて、太陽の光をさらに美しい光に変えてくれるんです。外の世界でひどい目にあったり、絶望したら、光の見え方を自分たちで変えてみろって教えてくれたひとがいるんです。……そのひとが昔、奥さんにあげた指輪の宝石を例にあげてくれたんです」

「そういうことだったのか」草壁先生はまぶたを閉じた。「上条君から話を引き継いだよ。

口のかたい教師の協力が必要なんだって？」

　麻生さんはうなずき、わたしの存在が気になる素振りでちらっと目を動かした。

「彼女のことかい？　日野原君からの連絡で、上条君ともうひとり名前が出てきたはずだ」

「穂村……」麻生さんが短くつぶやく。

「上条君と穂村さんも当事者だ。首を突っ込みすぎた。彼らも知ったほうがいい」

　わたしははっとして草壁先生を見つめ、麻生さんに目を戻す。

「いいわ」

　それを受けて草壁先生は一枚の封筒を取り出した。表に書かれている文字を見て、わたしは息を呑《の》む。それは退学届だった。

「……これは去年留年した男子生徒のものだ。担任から預かってきた」

　麻生さんは、なにかを思うような目で退学届を見つめていた。

「上条君は彼の正体を知って、腰が抜けるほど驚いたそうだよ。たぶん、きみも薄々あることに気づいていたが、まさかそんなはずはないと思っていた」

　そして草壁先生は長机に積んだ本に目を移す。

「ここにあるのは鉱石についての本だ。郷土資料室や図書室のものもあれば、上条君が街の図書館から借りてきてくれたものまである。調べて整理するまで時間がかかったよ。彼の住所に隠された秘密、この街で消えた老人たちの謎、『花崗岩《かこうがん》ペグマタイト』の本来の使い道、今回のきみたちの不自然な行動……。その四つは結びつけることができる」

麻生さんは黙って聞いていた。

「君がこの学校で自分たちのコロニーを守る間、この街でも君と同い年の男子生徒が、別のコロニーを必死に守っていたんだ。君はブルー・トパーズの鉱石を追ううちに、彼のいる場所に行き着いてしまった」

麻生さんはまたうなずき、草壁先生はいった。

「この街に隠された無認可の老人介護施設だ。もう、君の手には負えないだろう？」

「はい……」

麻生さんの顔が悲しく歪《ゆが》み、ずっと黙ってきた重圧からようやく解放されたようによろめいた。わたしは慌てて彼女を支えた。

5

夜の住宅街は切り取ったような静寂に包まれていた。

草壁先生とわたしとハルタ、遅れて麻生さんがついてくる。住宅街の奥に進むにつれて空き屋が増えていることに気づいた。鎖で厳重に施錠されていたり、窓という窓の雨戸が閉まっている屋敷もある。住宅街から完全に外れた寂しげな一角に、古びた門扉があった。睡蓮寺《すいれんじ》という表札がある。

無認可の老人介護施設……。よくわからないけど、それがお寺？

草壁先生がインターホンを鳴らすと、短い間をおいて「はい」とスピーカーから少年の声が返ってきた。

「事前にお電話を差し上げた、清水南高校の草壁信二郎です」

「お待ちください」

スピーカーの音が切れた。今度は長い間ができた。わたしは麻生さんを見る。彼女は細い身体の両脇にさげた手をぎゅっとにぎり、うつむいている。やがて門扉が開いてワイシャツとチノパン姿の少年が姿をあらわした。目の下にくまが浮き、頬がこけている。長く伸びすぎた髪を後ろで縛っていた。

「一年A組、檜山《ひやま》君だね」

「……すみません」彼は草壁先生の視線の圧力に耐えきれなくなったように目を逸らした。わたしとハルタ、そして麻生さんを順に見る。「もしかして僕のクラスメイトですか？」

「いや。きみとは同級生になれなかった」

こたえたのはハルタだった。

「そう……」彼はバツが悪そうに下を向く。「学校はほとんど行ってないし、留年しちゃったから、僕の顔なんてわからないでしょ？」

「顔はわからないよ。だけどね」ハルタはまっすぐ彼を見た。「君の声なら知っている。ここにいる三人は、君の声にずっと耳を澄ませてきたんだ」

「え……」

「ラジオパーソナリティのカイユ。一度会ってみたかった」

檜山界雄《かいゆう》は目を大きくさせたあと、ふっとほどけるような笑みをつくった。

「ばれない自信はあったんだ。街のどこを捜しても、サダキチやヨネとは会えない」

カイユの背中がお寺の境内を案内してくれる。雑草が伸びきった草むらの向こうで虫の音が鳴った。

頭上に星が瞬き、夜気が澄んでいる。歩きながらカイユはぽつぽつと語ってくれた。

「僕の親父が出家扱いにしたんだ。七賢者はみんな、この古寺にいるよ。……どこから話そうか。そうだ、最初がいい。ひとり暮らしの檀家《だんか》が寝たきりになって、お寺で面倒を看《み》たことからはじまったんだ。僕の親父はひとが好いから、そんな感じでお爺《じい》さんやお婆さんを受け入れた。ある日噂を聞きつけて、境内に呆《ぼ》けたお爺さんを置いて帰った家族があらわれたんだ。さすがに親父も僕も頭にきてさ、お爺さんの手を引いて家族の家に向かったんだ。そうしたらお爺さんは、もういいから寺に帰ろうって、何度もいうんだよ。あのときから、僕と親父はどこかおかしくなったんだと思う」

わたしは黙って、同い年で、同級生になるはずだったカイユの両手を見つめた。明かりが乏しい中でも、指先がひどく荒れているのがわかる。

「問題はあるだろう？」歩きながら草壁先生がたずねる。

「公になればまずいですね」カイユの声はしっかりしていた。

「これからどうする？」

「わかっています。限界なんです。七賢者の受け入れ先は、いま親父が探しています」

「君のことだ」

こたえはなかった。五人の足音が夜の境内に響く。ハルタがさっきから大袈裟《おおげさ》に首をきょろきょろまわしていた。わたしはハルタを肘《ひじ》で突いて小声でいう。

「ちょっと、なにやってるのよ」

「生中継のアンテナがどこにあるかと思って」

沈黙の出口を見つけたように、カイユがふり向いて口を開いた。

「ああ。それはね、電話回線を使っているんだ」

「電話回線……」ハルタが目を瞬かせる。

「ああ。地方の資金力のないラジオ局がよくやる方法なんだ。いまじゃもっと進歩して、携帯電話の通信網をつかった中継ができる。親父が昔世話をしたひとに、ＦＭはごろもの役員がいて、そのひとが手伝ってくれた」

「手伝ったって、なんのために？」ハルタがカイユを追い越して訊《き》く。

「社会から見えない場所へ隠れようとする僕たちに、社会とのつながりを持たせたかったんだと思う」

「……難しいことを考えるんだね」

「え」

「楽しかったんでしょ？」

うん、とカイユは悪戯《いたずら》がばれたみたいに笑う。「楽しかったよ。この二年間、みんな、やることができて本当に楽しかった。街のひとたちから必要にされて、本当にうれしかった」カイユは満足げにいって、ようやく草壁先生に身体を向けた。「先生、電話で話してくれたことは本当ですか？」

「トパーズの鉱石のことかい？」

「こんな古寺にあるなんて信じられないな」

「明治時代の初期に流通した特殊な花崗岩が、まだこの境内に残っているんだ。加工するには硬く、不便だったという理由で、ある利用方法がよくとられていた」

視界が急に明るくなった。雲が動いて月がのぞいたのだった。吸い込まれるような青みが目の前にひろがり、やわらかい光に満ちていく。わたしたちの目の前に、深い緑色の苔《こけ》がはりついた無数の墓石が並んでいた。

「――名無しのお墓。無縁仏の墓石」

はじめて麻生さんが口を開いた。みんなの目が注がれる。麻生さんは進み出て、カイユの荒れた手のひらに、あるものを載せた。それは石の欠片《かけら》だった。

「ごめんなさい。勝手に拾って、大学で分析にかけた」

「境内に忍び込んだの？」カイユは呆気《あっけ》にとられていた。

麻生さんはこくりとうなずき、「ごめんなさい」と絞るような声で謝る。

「そうか」カイユは目を見開き、得心がいった顔をした。「この場所の秘密を知ったのは、先生じゃなくて麻生さんだったのか」

名前で呼ばれた麻生さんははっと顔を上げる。

「声でわかるよ。去年、部活の勧誘で何度も電話をかけてくれたね。君を家にあげられなくてごめん」

麻生さんは首を横にふって、カイユの手を両手でにぎりしめた。

「トパーズの鉱石が出てきたら、全部あなたたちのものよ」

カイユも首をふり、戸惑った。「……麻生さんたちはいらないの？」

「私たちは、いらない。その代わり、サダキチさんにお礼をいって。死にたがっていた馬鹿な中学生が、馬鹿な回答に腹を立てて死ぬ気をなくしたって」

草壁先生の表情がかたまった。わたしもハルタも声を失う。月明かりにさらされた麻生さんの手首には、古いためらい傷の痕《あと》が何本もあった。カイユが目を落としてつぶやく。

「思い出したよ。死ぬ気をなくした……その馬鹿な中学生はどうなったの？」

「いわなきゃならないの？」麻生さんが困った顔をした。

「たぶんサダキチは知りたがるよ。その馬鹿な中学生のことを、いまでも気にしているから」

「馬鹿馬鹿ってうるさいわよ」

麻生さんの喉《のど》が震え、再びカイユの手を強くにぎりしめた。

「いわれた通り、いまも自分たちの太陽の光を探している」


〈……ちょ、ちょっと待ってくださいよ〉

翌日の午後九時十一分、お母さんが買ってきてくれた小型ラジオからパーソナリティのカイユの狼狽《ろうばい》する声が聞こえた。七賢者と喧嘩《けんか》している様子だった。ただ事じゃない。勉強机の上で思わずボリュームを上げる。

〈いや待てんな〉DJサダキチの頑固な声が響く。〈ストライクを強行する〉

〈それをいうならストライキでしょう。とっととハガキを読みますよ〉

〈駄目だ。今日で最後。最後の相談者はお前だ、カイユ〉

〈呆けたんですか？　困りますよ〉

〈これは儂《わし》ら七人の総意じゃ。昨日、学校の友だちがお前を迎えにきてくれたんだろう？　その日がくるのを儂らはずっと待っとった。もう、お前を解放したい。お前が今後なにをしたいのか、どんな未来を描いているのか、聞かせてほしい〉

　しばらく絶句する気配があった。

〈……頼むよ。やめようよ、こんなの〉

〈喜べ。お前の親父が、儂らの受け入れ先を見つけてくれたんだ。お前は、ときどき儂らに会いにくるだけでいい。もうそれで充分だ〉

　息がつまるような沈黙がつづいた。いつもの放送事故とは違う無音時間。わたしは耳を澄ませずにはいられなかった。

〈……喜べないよ。それに、僕にはもうなにもないって。いまさらなにをしたいかわからない〉

〈儂らのせいだな。お前には本当にすまないことをした。儂らは、やさしいお前に甘えてはいけなかったんだ。カイユ、いまならまだ間に合う。やりたいことがなければ、学校に戻って見つけてくれればいい。せめて、なにか楽しかった思い出くらいあるだろ？〉

〈……学校で楽しかった思い出なんてない〉

〈お前、儂らと会うまで、鼓笛隊で太鼓を叩《たた》いていたそうじゃないか〉

〈マーチングバンドのこと？　もういいよ。いまさら戻ったって仲間に入れてもらえない〉

わたしは小型ラジオを握りしめてはっとした。まさか——

〈学校で楽しかった思い出がなければ、面白かった思い出くらいあるだろ？〉

〈……面白かった？〉

〈そうだ。とびきり笑えるやつじゃ。ひとつくらいあるじゃろ？〉

〈……とびきり笑えるやつ？……あった〉

〈おう、それじゃ。聞かせてくれ〉

〈去年、駐輪場で一生懸命フルートを吹いていた女子生徒は笑えたな。僕のリコーダーのほうが千倍はうまいと思う〉

DJサダキチの笑い声がして、わたしは椅子からずり落ちた。

〈……でも、いまさら音楽なんて無理だよ。手もこんなに荒れている。みんな嫌がるだろうし、楽器を持つにはふさわしくないよ〉

そのとき携帯電話からメールの着信メロディが鳴った。慌てて取り上げると、麻生さんからだった。

【予算二十万円で、鍛えてやってくれないか。頼む。以上】

携帯電話を閉じる。お金なんてどうでもいい。麻生さんみたいなすごい同級生が、わたしなんかに頼むといってくれた。それだけでうれしかった。とりあえず、わたしはあの寺に押しかけて怒る権利はあると思う。また携帯電話が鳴った。今度はハルタからだった。吹奏楽部の威信にかけて、一緒に行って怒ってくれるという。

明日まで待てない。これがふたりの共通意見だった。

わたしはハルタと待ち合わせるために、急いで階段を駆け下りた。

アスモデウスの視線

たかが席替え、されど席替え。

先生にとって学校の一大イベントは？

教育実習生として母校の藤が咲高校に赴任した私に、はじめて話しかけてくれた生徒がこんな質問をした。担当教室の生徒だった。唐突なのでうれしくも戸惑ったが、彼女の腕にある新聞部の腕章を見て、ただのアンケートだと気づいてしまい苦笑する。

運動会や学芸会、遠足や修学旅行、部活動に思い出がなかった私にとって、心に残るイベントといえばひとつしかなかった。

学期の変わり目に行われる席替えだ。私の頃は大抵くじ引きで決まった。先生がつくってくれた紙箱の中に三角に折り畳まれたくじがあって、順番に引くことで厳正に席が決められていく。あのドキドキとした高揚感はいまも忘れられない。

当時の私たちには、私たちが築き上げた教室の世界があって、大人のように転職や引っ越しといった逃げ場や、お酒を飲んで愚痴を吐き出す場もなくて、頑なに居場所を守るのに必死だった。しかしそんなガラスのようにもろい世界は、くじに書かれた番号で一変してしまう。

学校生活の中の多くの時間を近くの席のひとと過ごすのだ。好きなひとや友だちと近くになれたら嬉《うれ》しい。逆に嫌いなひとや、気の合わないひとと近くになると憂鬱《ゆううつ》になる。だけど話しかけてみると意外といいひとだったり、親切だったりするケースがたまにある。意外な展望が開けて、思いもよらない友だちの輪が広がってしまうことだってある。

　席替えの面白いところは、全員が納得できる席替えは無理だということだ。うれしいひと。がっかりするひと。仕方なく我慢するひと。中にはごく少数派で、一度決まった結果をひっくり返そうと試みるひとが出てくる。

　視力の悪いひとを引き合いにして、前の席を交渉材料にするひとは、駆け引きをおぼえる。

　ゴネて、大勢に迷惑をかけてまで席を交換できたひとは、ゴネ得を知ってしまう。

　大人になって社会に出れば教室の席替えは人生の縮図だと気づくだろう。貴重な社会勉強になっているのだ。だから短い期間で実施してしまっては意味がない。学期の変わり目に一度というのは理にかなっている。

　私はいま、一ヵ月の間に席替えが三回もあった担当教室にいる――

　理由がいっさい伏せられた謎の席替え。

　私の担当教室で異常事態が起きた。鍵《かぎ》を握るクラスの生徒たちは沈黙しているし、席替えを指示したクラス担任は突如自宅謹慎の身になった。わけがわからなかった。彼は私をこの学校に呼んでくれた恩師だ。

私は吹奏楽部の部員に呼び出されて、席替えが三回あった担当教室をおとずれていた。藤が咲高校吹奏楽部といえば、東海五県でたった三校しか選ばれない普門館に、創設以来十一回の出場経験を持つ伝統部だ。運動部出身で頬にわずかなニキビの跡を残す部長と、三つ編みの似合う副部長が私を見つめている。

おそらく彼らは私以上にクラス担任のことで心を痛めているはずだった。彼らの部活の顧問だからだ。彼らはいままで何度も私のもとへ押しかけてきた。なぜ顧問がいきなり自宅謹慎になったのですか？　三回もやった席替えと関係あるのですか？　それらの問いに、教育実習生の私はこたえることができなかった。私のほうこそ真相を知りたかった。

私はふと気づく。

今日は彼らの他に三人の見知らぬ生徒がいた。他校の生徒なのに、いったいどこで調達してきたのか藤が咲高校の制服を着ている。確か上条、穂村、檜山という名前だ。部長と副部長は結託して三人の素性を隠そうとしている。なるほど。「これで最後にしますから」という言葉の真意がわかった。彼らの切り札なのだ。本来なら部外者を校内に入れたら罰則ものだが、コンクールの予選大会を控えて、彼らは顧問を取り戻すために不退転の決意で臨んでいる。

さて。どうしたものか——

1

……昨日の話。

わたしの名前は穂村千夏。草壁先生に片想いをしている内気で健気《けなげ》な高校二年生の乙女だ。恋のライバルは幼なじみの上条春太。聞いて聞いて。この間ね、怖いもの見たさでわたしたちの三角関係をノートに書いてみたの。〈♀→♂←♂〉もうあり得ないよね。女のわたしが負けたらどうしたらいい？　機械の身体でも手に入れたらいいの？

校内の紫陽花《あじさい》が綺麗《きれい》に色づく季節になった。

わたしの学校では園芸部と化学部のコラボレーションで、中庭から正門につづく通路に七色の紫陽花のプランターがぎっしり並べられる。はじめて見るひとにとっては圧巻の光景だ。裏事情を知る文化部のひとたちにとっては、ああ、また今年も見栄を張って両部は予算を使い果たしたな……と悲哀の目で見てしまう。

どうして化学部が絡んでくるの？　とハルタにたずねたことがあった。彼は「生きたリトマス紙」とだけ教えてくれた。最近のハルタは、わたしが訊《き》いてもすべては教えてくれない。あとは調べろということか。

七色の紫陽花の中では、わたしは水色が好き。だって蒸し暑い梅雨の晴れ間に水色は涼しげに映るから。それに紫陽花の花は意外と長持ちする。夏休みまで、目で涼を楽しめると思うと得した気分になれるのだ。

梅雨に入ってじめじめとしているけど、これが終わるといよいよ本格的な夏になる。夏は吹奏楽の季節だ。衣替えをして夏服がすっかり身体になじんだわたしたち吹奏楽部のメンバーは、七月末のコンクール予選大会に向けて日々練習を重ねていた。

朝練は週三回、昼練は自由参加、放課後の練習は校舎に散らばってロングトーンと音階練習からはじまる。これは予《あらかじ》め終了時間をみんなで決めておいて、朝練と昼練の進行次第で早めに切り上げる。次は音楽室に集まって、もう一度みんなでロングトーンと音階練習。それから楽器ごと、もしくはグループごとに分かれてコンクール自由曲の練習に入る。練習が終わるのはだいたい午後七時から八時くらいの間だ。中間テストの結果はどうだったのかって？　晩ご飯と引き換えにハルタが家庭教師についてくれたおかげで、わたしはなんとか乗り切ることができた。ありがとう、ハルタ。

いまのところ合奏に集中して時間を割くのは週末になる。そのへんはメリハリをつけている。基礎練の積み重ねが合奏で裏切らないことは嫌というほどわかっているからだ。成島さんやマレンみたいな奏者ほど基礎練を半音階までみっちり行うので、一年生はわがままをいわずについてきてくれる。

そして、そんなわたしたちの練習風景に新しい変化が生まれるようになった。

その変化は耳を澄ますと音楽準備室から聴こえる。タタタタ、タタタタ……と正確なリズムピッチを刻む音。四分音符、八分音符、十六分音符とつづき、テンポを上げていく。次はタタタ、タタタ……と三連符、六連符、ダブルストローク。すこし静まると、タタッ、タタッタ、スタタタ……と基礎練譜合わせがはじまる。右手と左手を使って粒の揃《そろ》った音を出すのは難しい。打楽器を選んだ他の一年生が、必死に彼についていこうとする様子が手に取るようにわかる。

そう。檜山界雄。カイユが学校に復帰して、正式に入部してくれたの。長髪を後ろで縛る彼は、はじめて会ったときと比べてだいぶ血色がよくなっていた。二年のブランクを埋めようとメトロノームとにらめっこしながら自作の練習台をスティックで叩《たた》き、単調で地味な作業に近い練習を二時間でも三時間でもつづけようとする。その忍耐強さには素直に敬服した。わかりやすいフルートをやっていてごめんなさいと思ったくらいだ。

カイユが入部してしばらくは、ハルタや成島さんやマレンが気になって仕方がないといったしぐさで彼の練習をのぞき見していた。打楽器は吹奏楽の心臓部だ。本番の合奏でなにかアクシデントが発生しても、打楽器だけは乱れてはいけない。打楽器の一打がバンドの窮地を救うことだってある。

カイユのことが気になって仕方がない生徒は実はもうひとりいる。芹澤さんだ。依然として吹奏楽部とは距離を置いているけれど、たまにこそこそと音楽準備室に出入りしている。カイユが使っている基礎練譜は彼女が与えたものだ。一度わたしがにやにやしながら彼女の制服を引っ張ったら、翌日、ふて腐れた顔でクリームパンを投げ渡してきた。馬鹿にしているのか。食べたけど。

とにかく新しいメンバーを加えたわたしたちは夏の本番に向けた助走期間にいる。悔いのないよう全力で走るための力を溜めている。わたしやハルタや片桐部長にとっては去年は部員不足で、コンクールの予選大会に出場したくてもできなかったのだ。今年は違う。

……だけど意外な形でつまずいてしまう事態が起きた。

放課後、見慣れない光景が音楽室にあった。教頭先生が窓際の椅子に座っている。本来、草壁先生がいるべき場所に——

午後六時以降は顧問がいないと校舎に居残れなくなるので、急きょ教頭先生にお願いしてきてもらったのだった。教頭先生は吹奏楽部の他にも、幾つかの文化部の副顧問を掛け持ちしている。

みんなの視線はドキドキハラハラしながら教頭先生の頭に集中していた。教頭先生はかつらをかぶっている。それは学校の史上最大のタブーだ。そういったことに無頓着《むとんちゃく》なマレンでさえ、一年を通して常に前ボタンの服しか着ない教頭先生に純粋な好奇心を持っている。

今日は朝から晴れ間が差して一日中蒸した風が吹いていた。校舎の四階の音楽室の窓を開けたがるスリリングな教頭先生に、みんなは居ても立ってもいられない。片桐部長が慌てて窓を閉めると、今度は懐から扇子を出してあおぎはじめる。扇子の風力ですら、ふわっと浮いてしまうかつらを見て、

「あれは突っ込んでほしいんですよね、わざとやっているんですよね」

と一年生でバストロンボーンの後藤さんが涙目でご乱心だ。

別にかつらが悪いわけでもおかしいわけでもない。あまりにも不自然で、ときどきずれていることがあるのに、本人はぜったいにばれていないとかたく信じている節がある。そういうところが駄目だと思うけれど、どうだろう？

音楽室の引き戸ががらっと開いて、片手にビデオテープを持った成島さんが入ってきた。コンクール自由曲のデモ演奏のビデオだ。これから全員で譜面を見ながら視聴して、演奏のイメージをかためることになっていた。

一年生がテレビ台を準備してくれて、「よく聴いておけよ」と片桐部長がしかめっ面でビデオをリモコンで再生する。

「この中、蒸し暑いわね」譜面を団扇《うちわ》代わりにあおぐ成島さんがこぼした。普段ならぜったいにこんなことはしない。

「藤が咲高はクーラーの効いた音楽室で練習するみたいだよ」マレンがため息をついてい

った。

「いいよなあ」部員のひとりが羨《うらや》ましがる。

「お金持ちばっか集まる私立だから」と別の部員。

「王様の耳……もう無理。トイレで叫んできていいですか？」後藤さんはひとり興奮をピークに迎えていた。

音楽準備室からはカイユのスティックの音がかすかに鳴りつづけている。彼は今日のビデオ視聴をパスして練習台に雑巾《ぞうきん》をかぶせて叩いていた。身体が覚えるまでやり込みたいみたいだ。

ビデオ再生の半ばで教頭先生が居眠りをはじめて舟を漕《こ》ぐようになった。こくりこくりと舟を漕ぐリズムが自由曲のテンポと同期をはじめる。

「……ちくしょう、なにしにきたんだ？」と苛立《いらだ》つ片桐部長。

「いっそこのままガンジス川の下流まで流れてくれればいいのに」成島さんも不機嫌だ。

「駄目だよ。人格者で、いいひとなんだから」ふたりを取りなそうとするマレン。

教頭のかつらがずるっとずれかけて、一年生から悲鳴があがる。

みんなビデオ視聴どころではなかった。朝から気持ちが散漫で緊張感としまりがなくなっている。こんなことではいけない。いけないとわかっていても、わたしも譜面とビデオ画面から目が離れてぼうっとしていた。音楽室の隅で座っているハルタに関しては完全にうわのそらだ。

教頭先生が原因ではない。

昨日、草壁先生が過労で倒れて入院した。どこの学校も若い先生が学校行事にかかわるさまざまな雑用をまわされて、仕事の負荷が多いことは聞いていたけれど、草壁先生が四月から休みを一日も取っていなかったことははじめて知った。

わたしの学校は基本的に日曜日の部活動は休みだ。ただ一部の運動部では例外はある。吹奏楽部もその例外にのっかる形で日曜日の練習を強行していた。弱小吹奏楽部と呼ばれていたわたしたちは、強豪校との差を練習量で埋めるしかないと思っていた。成島さんやマレンでさえ吹奏楽に復帰するまでのブランクを気にしている。よく考えてみれば、草壁先生は休みの日でも必ず顔を出して指導してくれた。わたしたちだけ日曜日の校舎に残した日は一日もなかった。頼めば嫌な顔ひとつせず個人練習にも付き合ってくれたし、みんなが書き込んでいる譜面を毎日読んで教え方を変えている。それってすごいことだ。

草壁先生の存在に寄りかかりすぎていたのかもしれない。甘えすぎていたのかもしれない。落ち込んだわたしたちは練習方法を工夫しようと話し合っていた。そんな今日のお昼休み、学校に片桐部長あての電話がかかってきた。そこで意外な真相を知った。

草壁先生の負荷に追い打ちをかけたのは、藤が咲高校吹奏楽部からの急なヘルプ要請だった。彼らの窮状を知った草壁先生は、その要請を断り切れずに掛け持ちする羽目になっていたのだ。

「そろそろ約束の時間だぞ」

片桐部長が腕時計に目を落とすと、ばらばらだったみんなの表情が団結の色に変わった。もうすぐ藤が咲高校吹奏楽部の部長と副部長が来校して音楽室にやってくる。今日はビデオ視聴の目的もあったが、彼らに会うために全員が音楽室に集結していた。いったいどの面さげて会いにくるのかと憤る部員も中にはいる。

ビデオ再生は二度目にさしかかり、音楽準備室からはカイユのスティックの抑えた音がタタタ……とマイペースで流れている。事情を知っているはずの教頭先生はこくりこくりと舟を漕いでいた。何度起こしても居眠りするので、もう放っておくことにした。

約束の五分前に音楽室の引き戸が軽くノックされた。半袖《はんそで》シャツにネクタイ、半袖シャツにリボンの夏服の男女が入ってきて、待ち構えていたみんなの背筋がぴんと伸びる。頰にわずかなニキビの跡を残す男子生徒と、三つ編みの似合う女子生徒がかしこまった挨拶《あいさつ》をした。

「――この度はご迷惑をおかけして申し訳ありません。部長の岩崎です」

男子生徒が礼儀正しく頭を下げ、菓子折をもった女子生徒も「副部長の松田です」と深々と頭を下げた。藤が咲高校吹奏楽部の部長と副部長は四月に交代する。つまりわたしと同じ二年生だった。

ふたりは一年生が用意した椅子に腰掛けて、みんなと向き合う形になる。

事前に知らされていることは、彼らの顧問——四校の合同練習会で吼《ほ》えていたゴリラ——堺《さかい》先生が体調不良で学校を休んでいることだ。だからといって他校の先生、ましてや他校の吹奏楽部の顧問にヘルプを頼むのは安直だ。というか掟破《おきて》りだ。確かにいまはコンクールの予選大会を控えた大切な時期かもしれない。しかしそれはわたしたちも同じだった。

それまでずっと音楽室の隅で黙っていたハルタが急にもそもそと動いて、椅子を引いてやってきた。先頭のわたしと同じ列に割り込んでそこに腰掛ける。だいじょうぶか、こいつ、と片桐部長が目で合図を送ってきた。ハルタの横顔を見た。冷静な面持ちでいる。たぶんだいじょうぶですよ、と片桐部長に目で返す。ハルタは開口一番、

「ゴリラの首を持ってこい」

冷静じゃなかった。みんなでハルタの口を塞《ふさ》いで、後ろのほうへ押しやる。今度は後藤さんがやってきて両の拳《こぶし》を握りしめ、

「先生を返せっ」

なにがなんだか。みんなで後藤さんの口を塞いで、後ろのほうへ押しやる。ここは小学校の仲良しクラスか。みんなー、おかしなことを口走るひとはもういませんよねー。

片桐部長が嘆息して腕組みする。そして岩崎部長に目をやった。

「しかし解せないな。お前らは俺たちと違って各パートの議長連が機能しているし、OBもOGも頻繁に顔を出してくれるだろう？　顧問が不在でも練習はできるはずだ」

岩崎部長は押し黙ったままうなずいている。わたしは隣に座るマレンにささやいた。

「議長連、OB、OG……藤が咲高吹奏楽部って別世界みたいね」

すると反対方向から、

「この間の合同練習会の参加はA部門メンバーだけで、総部員数は八十人を超えるよ。向こうが近代的な吹奏楽部としたら、こっちは焼け野原の青空教室だ」

いつの間にかハルタが復活して座っていた。岩崎部長と松田副部長は長い間うつむき、ひざの上で拳をかためていたので、片桐部長がやりにくそうに頭を掻《か》いてつづける。

「うちの顧問のことなら大事じゃない。点滴だけ打って今日の午後退院したそうだ。明日には学校に戻ってくる」

その言葉を聞いてふたりは安堵《あんど》していた。しかしわたしは安心なんてできない。脱水や過労で倒れて日帰り入院するパターンは、中学のバレーボール部時代にあった出来事だ。点滴ぐらいしかやっていない割には医者に絶対安静だといわれる。

「……お前らの環境でできなくて、うちの顧問にできることってなんだ？」

片桐部長が穏やかにたずねると、閉じていた岩崎部長の口がようやく開いた。

「A部門の自由曲でオーボエのソロがあります。そのソロを担当していた同級生が通学途中に交通事故に遭ってしまいました。自転車で転んで、手首を骨折して全治二ヵ月です」

みんながざわめいた。全治二ヵ月。普門館出場を決める支部大会には間に合わない。

「三人いたんじゃないの？」合同練習で一緒だった成島さんが身を乗り出す。

「……はい。ソロの代役ができそうな三年生はひとりいます。ところが受験勉強を理由に退部を申し出ているんです。残るひとりは――」岩崎部長はいいにくそうに黙り、「協力を得られそうにありません」

「どうして？」と成島さん。

「僕の部長選出に反対していたひとです。部内にはまだ反対派がいます」

みんなで顔を見合わせる。我慢できない表情で口を開いたのは松田副部長だった。

「岩崎くんは高校からユーフォニアムをはじめて、努力してきたひとなんです。経験者を押しのけて部長になったことを気に入らないひとがいるんです」

岩崎部長は「いいから」と興奮する彼女をなだめようとする。

「……大所帯も大変だな」片桐部長が他人事《ひとごと》のようにしみじみといった。

「あの」わたしはさっきの言葉の中で気になった部分を、岩崎部長にたずねてみる。「高校からはじめたって、中学のときはなにをしてたの？」

「ハンドボールです」彼は控えめにいって申し訳なさそうに顔を伏せる。「腰とひざを痛めて、治らなくて、もうレギュラーになれそうもないから逃げ出しちゃいましたが」

わたしと同じ境遇のひとがいた。

ため息とともにハルタが横あいから口を挟む。「で、大抜擢《だいばってき》の新部長は反対派の協力を得られなくて、解決案をなにも出せなかったの？」

「残るひとりも同級生ですが、彼に再三お願いしてきました。反対派だろうが関係ありません。ですが、彼は決断が遅い。先月も大事な練習日を四日も無断で休んだ。ドタキャンの悪い癖は直らないし、それを補う本番の勝負強さもない。上の大会を目指す他の部員のことを考えると、どうしても強く推せません。合奏の主要メンバーも同意見でした」

「じゃあどうしたの？」今度はわたしが訊《き》いた。

「ソプラノサックスです」岩崎部長の目が輝いた。

「……音は似ているね。編曲次第では面白い」マレンが顎《あご》に手を添えて感心する。

「ええ、ええ。実力はあるのに編成の関係でコンクールメンバーを逃してしまった先輩がいるんです。彼女には高いモチベーションがある。はじめは戸惑っていましたが、説得が通じて、承諾をいただくことができました」

彼なら一度かけた梯子《はしご》を外す真似はしないだろう。話を聞きながら思った。だから彼女は説得に応じたのだ。

同時にわたしは密《ひそ》かに息を呑《の》む。まわりを見ると、みんなも同じことを感じたようだ。

ゴリラ、もとい堺先生が一度も話の中に登場していない。これだけの危機的状況にもかかわらずだ。彼らはトラブルを自分たちの力で乗り越えようとし、それを堺先生がぎりぎりのところまで見守っている。そんな構図を垣間見た気がした。部員による徹底した合議制運営と、指導者による的確な最終判断——。来年はこんなすごい高校と普門館の席を取り合うの？　焼け野原の青空教室。ハルタの自虐的な言葉が奇妙な現実味をともなってよみがえってきた。

「どのあたりから草壁先生が介入してくるのかしら？」

成島さんのもの静かな問いに、岩崎部長の肩が落ちた。

「堺先生が学校を休まれてからです。病欠扱いで、まだつづいています。復帰の見通しはまだ立っていません」

「この大事な時期にか？」片桐部長が眉《まゆ》を顰《ひそ》めた。

「……はい」岩崎部長の口調が、慎重に言葉を選ぶ気配を見せはじめた。「ソプラノサックスの編曲は堺先生にお願いしました。しかしできあがった譜面のハードルが高くて——そこがあの先生らしいですが——練習をしながら修正をくり返さなければなりませんでした。ただの経験者ではない、プロのアドバイスが必要だったんです」

「おいおいちょっと待て」と片桐部長がさえぎった。「あのタフな先生だったら、病院のベッドの上でも付き合ってくれそうだぞ」

岩崎部長はうつむき、なにかを考えるふうに片手で顔を覆った。沈黙がつづいたが、やがて決意したようにその手を離した。「実は、堺先生は病欠ではありません。突然の自宅謹慎なんです」

「自宅謹慎だと？」片桐部長が怪訝《けげん》な表情をする。

「ええ。はじめのうちは外で会っていましたが、学校から接触をかたく禁じられてしまったんです。電話だけのやり取りでは限界がありましたし、予選大会の一ヵ月前には譜面を完成させる必要がありました。途方にくれたとき……手を差し伸べてくれた先生があらわれたんです」

「やっとつながったわね」成島さんがいった。「聞いていた話と食い違いはあるけど」

「いえ。結果として、僕たちがヘルプを頼んだ形になったんです。草壁先生は無理して、夜遅くまで付き合ってくれました。だから本当に申し訳ないんです」

マレンが首を傾げる。「草壁先生は、どうやってきみたちの窮状を知ったのかな？」

「たぶん堺先生です。ふたりは合同練習会で親睦《しんぼく》を深めていましたから」

親睦？　わたしの目にはとてもそうは映らなかった。合同練習会ではウホウホ吼えていたし、ちょっとした時間が空くとベランダで一服しにいくヘビースモーカーだ。わたしの表情を読んだのか、あの……と岩崎部長の声がつづく。

「もしかして堺先生のことを誤解されていませんか？　ああ見えても素晴らしい指導者で

すし、草壁先生のことをとても評価されていました。まだ若いけれど学ぶところがたくさんあるって」

そういわれると、なんだかうれしくなる。岩崎部長は黙り、つかの間沈黙ができた。沈黙を刺《とげ》のある声で破ったのはハルタだった。まだ怒っている。

「気に入らないな。結果だけ見れば、ゴリラが体よく草壁先生を利用した形じゃないか」

岩崎部長と松田副部長の目がハルタに注がれ、ふたりとも返す言葉がない様子でうなだれた。顧問をゴリラといわれてもだ。ハルタはねちねちとつづける。

「一応聞くけど、譜面はもうできたの？」

「……まだです」岩崎部長が弱々しくこたえる。

「それじゃ、また草壁先生が手伝うことになるじゃないか」

「い、いえ。もう、迷惑をかけることはできません」岩崎部長がしどろもどろになる。

「途中で放り投げろと？　あの先生にそんなことができるわけない」

岩崎部長は口を閉じ、松田副部長がきっとした視線を向ける。

「わかってないな」

ハルタが椅子から立ち上がり、ふたりに歩み寄って顔を近づけた。その横顔——ときどきわたしがどきっとするくらい、男らしく、真剣な表情をする。

「岩崎くんだっけ？　ソプラノサックスの代役をたてたところまではいい。だけど根本的な問題解決になっていないじゃないか。たぶんきみなら最低限の根まわしはしたと思うけど、依然としてあとひとりのオーボエ奏者や反対派の摩擦は残ったままだ。きみの話を聞く限り、代役を立てたあとのフォローがまったくなさそうだからね。もう限界なんだよ。早くゴリラに戻ってきてもらったほうがいい。ゴリラだって、きみたちのことが心配でたまらないはずだ」

黙って受けとめていた岩崎部長の口から吐息が出た。「……わかっています。わかっているんです。僕たちも、堺先生には早く戻ってきてほしいんです」

「だったらきみたちでできることをすればいい。一日も早く自宅謹慎が解けるよう、どうして校長先生や保護者に働きかけないんだ？　吹奏楽部は藤が咲高の伝統部なんだろう？　味方は多いはずだし、ましてや部活動の大会実績を重視する私立じゃないか」

興奮したハルタの声で教頭先生の舟を漕《こ》ぐ動作が一瞬とまり、はっと音楽室が静まり返る。岩崎部長と松田副部長に関しては、「え、いたの？」という感じで教頭先生の存在に気づいた様子だった。みんなで固唾《かたず》を呑んで見守っていると、また舟を漕ぎはじめたので安心する。

「新種の無呼吸症候群だから気にしないでほしい」

ハルタが気を取り直していった。後藤さんがむひっと笑いを堪《こら》える。

「この時期にあなたたちが接触をかたく禁じられているって、どこか異常事態ね」

成島さんがぽつりとこぼすと、岩崎部長はうなずいた。

「はい……。僕たちには、その異常事態がなんなのかわからないんです。堺先生の自宅謹慎の理由がわかれば、校長先生や後援会の父母に働きかけができます。ところが病欠とだけしか伝えられていません」

「不可解だね」マレンが考え込む。「真相を知っていそうな人物はいないの?」

「たぶん、自宅謹慎を直接命じた校長先生くらいです」

「私立じゃ絶対権力者だろうな」片桐部長が両手を頭の後ろにまわしてぼやく。

「じゃあぼくが考えられる可能性を挙げてみようか?」ハルタが物騒なことを並べはじめた。「体罰、裏口入学の斡旋《あっせん》、試験内容の漏洩《ろうえい》、わいせつ行為――」

岩崎部長は首を大きく横にふった。

「違う。違います。堺先生に限って、そんなことはぜったいにないです。多少は乱暴なふるまいをしますけど、必ず筋を通した行動をします。なによりそういった不正や犯罪をとても嫌っていますし、常に弱いひとの味方でいてくれます。吹奏楽部に限らず、卒業生の訪問が一番多いのも堺先生なんです」

「そんな教師の鑑《かがみ》みたいなひとが、どうして自宅謹慎に?」わたしは疑問を口にした。

「……それが知りたくて直接、堺先生の自宅に押しかけたことがあります。でも、理由は教えてくれません。らしくないぐらい気弱でした」

「歳は四十代半ばに思えたけど、独身なの？」質問の方向を変えたのはハルタだった。

「確か今年で四十七です。去年、サプライズ誕生会をしましたから。奥さんと中学生の娘さんがいます」

「ふうん」急にハルタは考え込む顔をする。

「どうしたのよ、ハルタ？」

「いや。ゴリラは草壁先生の立場をわかっているはずだよ。それでもなりふりかまわず窮状を訴えてヘルプを求めた。勤続二十年以上のベテラン先生でも解決できない問題があるとしたら、いったいなんだろうと思って」

それまで黙っていた松田副部長がはっと顔を上げる。

「解決できない問題ならまだあります」

みんなの視線が彼女に集中し、隣の岩崎部長が「あれか……」と悩むしぐさを見せた。

両手で髪をくしゃくしゃにする。

「……あれってなんなの？」わたしはたずねた。

「堺先生、私の隣のクラス担任なんです。その教室で、このひと月の間に席替えが三回もあったんです」

みんなが口をぽかんと開ける。席替えが三回？　うらやましいような、そうでもないような……。彼女の口調はすこし熱を帯びた。

「席替えを指示したのが堺先生です。隣のクラスのひとに席替えの理由を聞いても、首をひねるだけでしたし、堺先生は怖い顔をするだけで、なにも教えてくれませんでした」

またみんなで顔を見合わせる。ひと月に三回の席替え。謎かけみたいだ。

「岩崎くん」身を乗り出したハルタが改まった口調でいった。「いまの事態をなんとかしたいと本気で思っているの？」

「もちろんです」

「ぼくたちに負い目があるなら、ひとつ頼みを聞いてほしい」

「なんでしょう。できることなら」

「その教室に行ってみたい。クラスの関係者と話せる機会がほしい」

「え……」

「手を貸すよ。ゴリラの自宅謹慎の真相を突きとめる。コンクールの予選大会まであとひと月半。このままじゃ共倒れだ」

「おい、本気か？」片桐部長がハルタに向かって一段低い声を出して、

「大真面目ですよ。ここで足踏みしたってしょうがない」とハルタが横目で返した。

啞然《あぜん》として口もきけなかった岩崎部長が片桐部長を見た。何者ですか、このひと？　そんな戸惑った顔をしている。片桐部長は悩んだ末、苦し紛れにこたえた。

「高校生は仮の姿で、実は灰色の脳細胞を持つ名探偵なんだぞ」

「ぜったいうそです」

　岩崎部長がまともなひとで、一同ほっとする。

「彼、六面全部が白色のルービックキューブを解いたことがあるわよ。今回の席替えも似たようなものじゃないの？」

　成島さんだった。岩崎部長と松田副部長が瞬きを重ねて、ハルタを見つめている。まだ混乱しているようだった。

「上条くんがいい。ここぞというときに頼りになると思う」マレンが後押しした。

　ハルタが「サンクス」と成島さんとマレンにお礼をいい、岩崎部長と松田副部長の前に立つ。

「……ゴリラの自宅謹慎が解ける。草壁先生の負荷が減る。それで、みんながハッピーになれる。腹を括《くく》ったら返事がほしい。イエスかノーか？」

　二択で返答を迫っていた。岩崎部長は沈黙して、時間をかけてわたしたちひとりひとりの顔を眺める。表情が揺れたあと、頭を深く下げた。

「……明日の放課後でいいですか？　早いほうがいいです。うちの制服を用意します」

「制服？」

「責任は僕がとります」

　一種の潜入捜査だ。ハルタがふたりに、非難を覚悟でおとずれたきみたちの勇気にこたえてみせるよ、とつぶやき、踵《きびす》を返してみんなの前で高々と両手を上げた。

「ぼくが草壁先生を救うナイトになります」

みんなからおおっと拍手が湧いた。ハルタは鼻の頭を指で軽くこすり、ちらっとわたしを見やった。ふふんと唇の端で笑う。ちょっと待って。抜け駆け禁止じゃなかったの？

わたしは勢いよく手を挙げた。

「はいはいはい！　わたしも参加します！」

片桐部長がため息をついて、岩崎部長の肩に手を載せた。

「バラ色の脳細胞を持つ迷探偵もいきたいといっているんだが、ハンバーガーみたいにセットで頼む」

迷いながらもうなずく岩崎部長を見て、わたしはガッツポーズをとる。ハルタの口から舌打ちが聞こえた。かまうもんか。

そのとき音楽室に扉が開く音が響いて、みんなの顔が音楽準備室の扉に向けられた。

タオルで顔の汗を拭《ふ》くカイユが出てきた。そういえば、いつの間にかスティックの音がしなくなっていた……

「草壁先生がピンチなんだって？」

カイユの凛とした声があがり、岩崎部長と松田副部長はこたえられずにいる。彼はふたりに近づくと、なにかを訴えるような目で見つめた。彼が学校に復帰できたのは、草壁先生の働きかけがあったおかげだ。

やがてカイュの口が開いた。

「二、プラス・ワン。三銃士だ。僕もいく」

2

藤が咲高等学校。実はおとずれるのははじめてだった。

男女共学、生徒数は約九百名、県内の私立ではトップクラスの進学校。クラブ活動にも力を入れていて、サッカー部、体操部、柔道部、吹奏楽部が全国大会に度々出場している。夏のインターハイや全国大会の時期は、その四部の垂れ幕で校舎が覆い尽くされるという。合同練習会のときに藤が咲高の吹奏楽部が提供した場所は、敷地外にある多目的ホールだった。学校は多目的ホールから五百メートルほど離れた高台に位置し、広大な敷地の半分は豊かな緑で包まれている。

最寄り駅のトイレで藤が咲高の制服に着替えたわたしとハルタとカイュの三人は、正門前でぽつんと立っていた。校訓が彫られた立派な石碑を目でなぞり、視線を奥に向ける。普通なら視界に入るはずの校舎が見えない。去年完成したばかりの新校舎は、なだらかな並木道をのぼった先にあるという。

岩崎部長と松田副部長のあとを、わたしたち三人は田舎から出てきたお上りさんみたいにかたまって歩く。途中で藤が咲高の生徒たちとすれ違った。昨日はあまり意識しなかったが、自分が着てみて、さらに集団でいるところを眺めると、制服がすごくおしゃれであることに気づく。男子のネクタイは細身で、シャツの襟と袖《そで》の部分が凝ったデザインになっている。着こなし方もとくに規則はないようで、放課後はそのまま遊びにいけちゃうほど恰好《かっこう》いい。女子の夏服はネイビータータンチェックのリボンが特徴的で、スカートも腰まわりがキュッとしまってスタイルがよく見える。有名デザイナーが制作したというのもうなずける。

「いますれ違った娘、目立たないけどマニキュアをしていたね。チカちゃんはしたことある?」

ハルタが耳元でささやき、わたしは唇を尖《とが》らせる。

「……ないわよ。やり方がわからない。みんな、だれに教えてもらってるの?」

ハルタが同情するしぐさで、わたしの肩をぽんと叩く。

「その調子で卒業まで駆け抜けてほしい」

「なによっ」

「そういえば、ここって偏差値が高いんだよね」ぽつりとつぶやくカイユの声が届いた。

「そうなんだ……」

吹奏楽部の偏差値を著しく下げているふたりが、並木道の桜の木を見上げる。花はもうないけれど、気持ちのいい葉桜が頭上を覆い、昨日の夜降った雨のしずくが輝いている。

新校舎の前に着いた。ひときわ大きなガラス張りの、真っ白なモダンな校舎が目に映る。部活に急ぐ生徒や家路を急ぐ生徒でごった返すわたしたちの高校とは違う空気が漂っていた。校舎は新築したばかりだけど、藤が咲高の歴史は古い。この土地に長い年月をかけて染みついた静謐《せいひつ》さと格式といってもよかった。遠くから聞こえる運動部の掛け声を耳にしてもそれを感じてしまう。

昇降口で来客用スリッパに履き替えた。大きな花瓶に綺麗《きれい》な生花が飾られている。世話をしている女子生徒を見て、やっぱり違うなあと思った。

頭上のスピーカーからチャイムの音が響き、腕時計に目を落とす。時刻は午後四時十五分。放課後のチャイムだ。普段聞き慣れないメロディに耳を澄ませた。

カイユが天井を見上げながら口を開く。

「映画『オズの魔法使い』の『虹《にじ》の彼方《かなた》に』の一節だよ。DJスケキヨが古い映画のビデオをたくさん持っていたから聞いたことがある」

「……もう駄目」

「は？」とカイユとハルタが両側からわたしを見る。

「……おしゃれすぎる。もう、もとの学校には戻れない」

「チカちゃん、しっかりして。あのキーン・コーン・カーン・コーンだって『ウェストミンスターの鐘』という立派なクラシックなんだよ」

「いやっ、いやっ。『世界に一つだけの花』にしてくれなきゃ、いやっ」

岩崎部長と松田副部長が廊下の先でわたしたちの醜態を眺めていた。しまったと思い、三人で硬直する。岩崎部長が駆け寄ってきた。

「あの。もしかして具合でも悪くなったのですか？」

いいひとだとしみじみ感じた。カイユが一歩前に出て、

「実は僕たちの役割分担を決めようとして、揉《も》めていたんです」

「――役割分担？」

カイユがハルタの背中を両手で押し、ハルタがよろめく。さっきから廊下にいる女子生徒たちがちらちらと意識してハルタに視線を送っていた。

「ほら、見てください。彼の容姿は頼りになりますよ。噂好きの女子高生なら、どんな些《さ》細《い》な情報でも聞き出せます」

「そうよっ」わたしも乗った。「部長が推薦した理由はそれだけなの。ほら、早く藁《わら》をも摑《つか》むつもりで聞き込みにいってきてちょうだい」

さすがにハルタは怒った。「馬鹿にするな。部長はぼくの頭脳を買ってくれたんだぞ。数撃ちゃ当たるみたいなことはいわないでほしい」そして岩崎部長に向き直り、「もっと

ピンポイントで情報を聞き出せる相手がほしいな」

岩崎部長はすこし考えるそぶりをした。「だったら大河原《おおがわら》先生かな」

「大河原先生？」ハルタは眉根《まゆね》を寄せる。「いきなり先生と会うの？」

「ばれませんよ。教育実習生の方で、担当教室が堺先生のクラスなんです」

「ふうん。その教育実習生は男性、女性？」

「……女性ですが」

「なるほど。もしかしたらゴリラは手を出して、それが問題になったのかもしれない」

短絡的すぎて自慢の頭脳が泣くわよ、と思った。

面白いですね、上条くんは、と岩崎部長は軽く受け流して、

「とにかく三人――穂村さんと上条くんと檜山くんは目立ちますので急ぎましょう。教室は二階にあります。大河原先生は、松田さんに呼びにいってもらいますから」

それからわたしたちは松田副部長と分かれて、校舎の二階に向かった。エレベーターがあることに驚く。そういえば校舎の段差には必ずスロープがあった。校舎を新しくするってこういう意味もあるんだなと、ちょっとこの私立の学校を見直した。

問題の教室は二年C組だった。教室に入る前に、わたしは岩崎部長の背中にたずねる。

「ねえ。居残りの生徒はいないの？」

「だいじょうぶです。吹奏楽部がパート練習で借りることになっていますから。さっきの

チャイムで空けてもらうよう頼んでいます」

段取りがいいと思った。

教室に入ってまず目を惹《ひ》いたのは窓の面積の大きさだった。校庭に面していて、胸の高さより上はほぼガラス張りといっていい。そうか。高台にあって、広大な敷地の半分は緑だから、部外者にのぞかれる心配がないのだ。これだけ窓が大きければ、晴れた日は心地よさそうだった。

教室の中を歩いた。ワインレッドの木の床が落ち着いた印象を与えている。机と椅子はわたしたちの学校のものと大差なく、そこだけ親近感を覚えた。

「すごいな。エアコンがついてる」教室の隅に移動したカイユが声をあげる。

「……うちの教室は扇風機さえないからね。でもいまどきの私立校なら、エアコン付きの教室はめずらしくないよ」

ハルタが返すと、カイユは「違う、違う」と手招きした。ハルタが近づいて首を伸ばす。

「うわ。操作パネルだ。まさか生徒が自由に温度設定できるの？」

「授業も試験も集中できますよ。この時季は全開です」ふたりと肩を並べた岩崎部長がいって首を傾げる。「それより教室に扇風機さえないって本当ですか？」

「エコなのっ。地球にやさしいのっ」わたしは嚙《か》みついた。

「……でもこんな操作パネルがあると、うっかり壊しちゃわないかな」

ハルタのつぶやきに、岩崎部長が反応してこたえてくれる。

「やっぱりわかりますか。この教室は確か先々週くらいに壊しています。掃除のときにモップの柄があたったそうですよ。蒸し暑い日がつづいて業者がすぐにこられなかったので、購買部のフェイスタオルが売り切れたそうです」

教室の引き戸をノックする音がして、はっとふり向く。

松田副部長と、教育実習生と思われる女性が立っていた。いとも簡単に連れてきたことに驚く。

「大河原です」

彼女はぺこりと頭を下げて教室に入ってきた。目尻《めじり》がすこし吊《つ》り上がって近づきがたい印象はあるが、色白の華奢《きゃしゃ》な身体つきで、古風な美人だと思った。黒のパンツスーツに濃紺のシャツが似合っている。首元には目立たないが、高そうなスカーフを巻いていた。

わたしが知っている教育実習生のイメージとすこしかけ離れていた。うまく説明できないけど、なんだか妙に落ち着いている感じがする。教育実習生にありがちな、居場所がなくて困っている雰囲気がないというか、カラ元気さがないというか……

大河原先生がすぐ取った行動に目を見開いた。彼女は廊下側の引き戸をすべて閉めたのだ。それから岩崎部長の前に歩み寄り、浅く腕組みすると、

「困っている事情はわかるわ。でも駄目じゃない。他校の生徒を入れちゃ」

相手は教育実習生なのに、もう正体がばれた。わたしはおろおろする。

「やっぱり僕がいちゃ、まずかったかな」

カイユが首をふった。後ろで縛っていた長髪が揺れる。

「そうね。あなたと、あとのふたりの距離感が近い気がする。なによりひと目でわかる点があるけど、どこだと思う？」

ひと目で？　うそ。わたしにはわかりません。

「これかな」とハルタが来客用のスリッパを脱いで掲げて見せた。

「正解。三人とも来客用のスリッパなんて不自然だわ。松田さんから聞いたけど、名前は上条くん、穂村さん、檜山くんだったわね？　同じ学校の友だちじゃないの？」

大河原先生は強い視線をわたしたちから逸らさなかった。慌てた岩崎部長と松田副部長が口を開こうとすると、ハルタはスリッパを足に戻して、片手で軽くさえぎった。

「先生だって、ただ者じゃなさそうです。学生の教育実習生には見えません」

ハルタの言葉に、大河原先生が目を細める。

「……どうしてそう思うの？」

「スーツを着こなしているから」

「着こなしていると、学生に見えないの？」

「着こなすのは難しいですよ。何年もかけて自分の身体の線を理解して、手段としてどれだけお金をかければいいのかを把握していることだと思います。すくなくともスーツの場合は社会人経験がなければできない気がする」

「わかったようなことをいうのね。それは受け売りじゃなくてあなたの言葉なの？」

「ぼくのそばには、それを教えてくれた理想のひとがいますから……」

耳たぶを赤く染めて照れるハルタを見て、わたしの背筋がぞわぞわと冷たくなる。それは本来、女のわたしがいうべき台詞《せりふ》ではないだろうか？

「他になにかわかることはあるの？」大河原先生の目に興味の色が浮かんだ。

いきなりカイユが前に出て、じろじろと大河原先生の顔を観察する。

「お化粧が足し算じゃなくて引き算になっています。巧《うま》いですね」

大河原先生は目をぱちぱちさせ、ぷっと噴き出した。「あなた、男の子のくせに変なところに気づくのね。いったいどんな大人と付き合ってきたの？」

「じじいとばばあですよ。しぶとく生きて、余計なことをいろいろ教えてくれます」

「あなた、お年寄りと仲がいいの？　じゃあ、あなどれないわね。ひとりの老人を失うのは、ひとつの図書館を失うのに等しいって格言があるくらいだから」

そういって大河原先生はまぶたを閉じ、少年がするみたいに頭の後ろを掻《か》いた。

「……あーあ。結構、若く見えるんだけどなあ。この学校の生徒はほとんど気づかなかったのに」

改めて大河原先生は自己紹介してくれた。大河原有佳《ゆか》。三十一歳。歳を聞いて岩崎部長と松田副部長は目を丸くしていた。聞かなかったあなたたちが悪いのよ、と大河原先生は意地悪い笑みをこぼす。もちろんわたしもびっくりしたけれど。

「この学校は私の母校なの。私が生徒だったときは堅苦しいところだったけど、理事の息子が校長になってからは随分と変わったわ……」

大河原先生は壁のほとんどの面積を占める窓を眺めた。全面に校庭と緑が広がっている。ガラスの中の彼女の目は、どこか遠くを向いているような気がした。

「……社会に出てからいろいろあったけど、二十六のときに介護施設で働くようになって、大検を受けて夜間大学に通いはじめたの」

「夜間大学？」わたしはくり返した。はじめて聞く言葉だった。

「二部とも呼ばれているわ。覚えたほうがいいわよ。本人にやる気があれば、いつだってやり直しができるシステムが日本にあるの。だから諦《あきら》めちゃ駄目。働きながら勉強するのは大変だったけれど、そこでやっと高校教員の資格が取れて、この学校に戻ってくることができた。私を教育実習生として特別に呼んでくれた恩師が堺先生なのよ」

苦労人なんだ……。華奢な彼女の奥底に度胸があるというか、他校のわたしたち三人に寛大な態度をとってくれる理由がなんとなくわかる気がした。

「岩崎くん」大河原先生がいった。

「なんでしょうか」

「本当に駄目よ。いくら困っているからといって、他校の助《すけ》っ人《と》を呼んじゃあ」

「いえ。彼らは藤が咲の生徒ですよ。先週転校してきて、来週また転校予定です」

まだ岩崎部長がしらを切るので、わたしたち三人は啞然《あぜん》とした目を向ける。そんな無茶苦茶な設定、打ち合わせにありませんでしたよ？　大河原先生は口に手をあて、大袈裟《おおげさ》に驚くしぐさをした。

「流しの生徒！」

「流しの生徒ですよ。先生、この間、教えてくれたじゃないですか。日本各地の学園を転々とさすらいながら、颯爽《さっそう》と事件を解決していく古い少女漫画があるって」

「岩崎くん……」

「大河原先生。僕は今日、腹を括《くく》ったんです。たったいま、本当に覚悟ができた。指導者を失った僕たちも、指導教諭を失った大河原先生も、堺先生を必要としているんです。この教室でなにがあったのかを解き明かして、なにがなんでも堺先生を取り戻します」

岩崎部長は一歩も引かない姿勢を示した。大河原先生は首をまわして松田副部長を見る。彼女も小さく、こくりとうなずき返した。大河原先生は目を落とした。

「……堺先生の留守中に、あなたたちが問題を起こすことがあれば、私は合わせる顔がない」

短い沈黙のあと、なにかをふり払った表情で彼女は顔をあげた。わたしたち三人に向かって微笑む。

「いい？　今日からあなたたちは私の友だちよ。私が呼んだことにして」

3

大河原先生を囲む形で椅子に腰掛けた。開けた窓からは穏やかな風がカーテンを押して、運動部の掛け声が幾つも重なり合って聞こえてくる。それは夕暮れの教室の中で輪唱みたいに響いた。

大河原先生は声の調子を落としていう。「無遅刻、無欠勤、勤務態度と実績において、だれもが認めている担任が学校側から一方的に自宅謹慎処分を受けています。処分を下したのは校長先生。教員にもクラスの生徒にも事情の説明はいっさいありませんでした」

「大河原先生も理由を知らされていないんですか？」わたしはたずねる。

「あのね。穂村さん。私はあくまで客人であり、学校は必要以上の情報を教えてくれないの。教育実習生なんて微力すぎるのよ」

「でも恩師なんでしょう？　わたしだったら、恩師がそんな理不尽な目にあったら黙っていられない」

食い下がるわたしを、大河原先生はどこか懐かしむような、まっすぐな目で見つめ返していた。「……こういうとき、一番手っ取り早く情報を入手するにはどうすればいいと思う？」

「え？」

「当事者から直接聞く」首をふって長髪を揺らしたカイユが口を挟んだ。

「そう。堺先生の電話番号と自宅の住所は知っている。だから連絡を取ったし、訪問したこともあった。表向きは実習録のチェックと学習指導案の見直しだけど」

がたっと椅子の脚を動かす音がして、岩崎部長が身を乗り出す。

「じゃあ大河原先生は、堺先生から真相をうかがっているんですか？」

「自宅謹慎については、たった一言だけ」

「……それは？」

「いまここで、いわなきゃならないの？」

大河原先生は困った顔をして、岩崎部長は乞《こ》うような目を注ぐ。根負けした彼女はまぶたを閉じ、一語一句はっきりと暗唱した。それはしっかりと胸に刻み込んだ言葉に思えた。

「『すまない。お前は必ず生徒から必要とされる教師になる。だから頑張ってほしい』」

なにそれ……

まるで堺先生が大河原先生にあとを託して、もう学校に戻ってこない言葉のような気がした。思わず岩崎部長と松田副部長を見る。ショックを受けた顔色をしていた。

それまでずっと黙っていたハルタがおもむろに動いて口を開く。

「堺先生と大河原先生の関係は、実際のところどうでしょうか」

「実際のところ？　もしかして俗っぽいことを考えているの？　愛人とか、不倫とか」

大河原先生の目がハルタにじっと注がれている。ハルタは視線を逸らして、

「……先生からはそんな印象は受けませんが、念のため」

ふふっと鼻で軽く笑う音がした。違う、誓ってもいい、違うわ。

「私はね、堺先生の教え子の中では、たぶん唯一の心残りだったのよ。厳密にいうと、私はこの学校の卒業生じゃない」

「え」

「卒業できなかったの。校則違反を理由に、自主退学を勧告されて」

みんなは息をつめた。

「最後まで私をかばってくれたのが、クラス担任だった堺先生だったの。そんな堺先生の熱意を当時の私は疎ましくて、ひどい罵《ののし》り言葉を吐いて飛び出すように自主退学したわ。あのときの堺先生の顔はいまでも忘れられない。……本当はね、この学校に戻ってくるつもりはなかったの。堺先生がまだ在籍していることがわかっていたから。どんな顔をして会えばいいのかわからなかったから。でも母校を持たない私にとって、教育実習は本当に

酷だったの。公立では受け入れてくれる高校がなくて、私立のコネを自分で探さなければならなかった。途方に暮れて、恥を忍んで堺先生と十四年ぶりに連絡を取ったの。電話を持つ手が震えたわ」

大河原先生はそこまで喋《しゃべ》って、急に思い出の中から醒《さ》めたような顔になり、「ごめんなさい。湿っぽい話になったわ」

目が合ったわたしは首を横にふった。「……どうして、今日はじめて会ったわたしたちなんかに、そんな大事な話をしていただけるんですか？」

「大事な話か。ありがとう」大河原先生はやさしい目をしてつづけた。「堺先生がいなくなった職員室ではね、教員からいろいろと雑音が聞こえてくるの。だから、だれでもいいから話したくなったのかもしれない。そんな気分になる日もたまにあるのよ。なんていったって、あなたたちは流しの生徒でしょ？」

「来週には仲良く転校します」

わたしたち三人は深々と頭を下げ、ふふ、と大河原先生が楽しそうに喉《のど》の奥で笑う。

顔を上げたハルタがたずねた。「さっきの話のつづきです。堺先生と十四年ぶりに連絡を取ったとき、どんな反応だったんですか？」

「ゴリラの雄叫《おたけ》び」

「は？」とわたし。

「泣いて、笑いながら吼《ほ》えていた」

岩崎部長と松田副部長は真剣な表情で聞いている。彼らならリアルに想像できるのだと思った。わたしはハルタを睨《にら》みつけ、椅子の脚を蹴《け》った。愛人だの不倫だの、あんたの心は汚れてるの。ついでに草壁先生に近づくな。

「あの」とカイユが声をあげる。「堺先生の自宅謹慎の真相を知る当事者は、もうひといるんじゃないですか？」

「処分を下した校長先生？」大河原先生が静かに返す。

「ええ、そう思います」

「私は教育実習生の立場よ。直接聞けないわ」

「直接聞けなくても、できる範囲でお調べになったでしょう？」

大河原先生の目が動き、カイユはつづけた。

「やっぱり先生みたいな方が、恩師のピンチに対して黙って指をくわえているとは思えないな。まだ堺先生に恩返しすらできていないのに」

つかの間彼女はカイユを凝視していたが、その目の色が変化した。

「七・三」

「え」とカイユ。

「――私が調べてわかった事実が七割、まだ解けていない謎が三割。校長先生は処分を下したものの、校長先生や生徒を含めた学校関係者でも、堺先生の自宅謹慎の真相を知るひとはだれもいない。だから今回の件は難しいの」

そして大河原先生は、わたし、ハルタ、カイユを順に見てつづける。

「あなたたちに期待していいの？　正直いって、最初は若い柔軟な発想くらいしかあてにしていなかったけど」

「ぼくたちに足りないものはなんだと思いますか？」ハルタがいった。

「あなたたちは高校生よ。まだ経験が不足している」

「なんだ。そんなことか。ノープロブレムですよ。ぼくたちには貪欲《どんよく》に学ぶ頭もあれば、わからないことがあれば調べる意欲もある」

甘く見るな、とハルタの目がいっていた。わたしとカイユ、岩崎部長と松田副部長は、ふたりのやりとりに緊張した。大河原先生が苦笑した。揶揄《やゆ》する感情など、いっさいない苦笑だった。

「このクラスで起きた席替えの話に移りましょう」

「――この教室でおよそ一ヵ月の間に席替えが三回もありました。普通なら考えられない出来事ですが、おそらく堺先生の自宅謹慎と直接関係があります」

「席替えを提案したのは堺先生なんですか？」わたしは聞いてみた。

「最終的にはそうですが、強く要求した生徒がひとりいます」

「その生徒って？」

大河原先生は一瞬、こたえづらそうな顔を返した。迷っている様子にもとれる。そうか……。わたしたちは部外者なのだ。

「クラス委員長です」

代わりにこたえたのは岩崎部長だった。大河原先生は目を剝《む》いたが、彼はかまわずつづけた。

「僕と松田さんで調べてつくった座席表があります。見せましょうか」

「ちょっと、岩崎くん――」

「僕は腹を括ったといいましたよ。それに、大河原先生の口から校内の情報を漏らすのは問題があるでしょう。だいじょうぶです。座席表に名前は書いていませんし、傍から見ればただのパズル絵にしか映りません」

椅子から立ちあがった岩崎部長は、三枚のA4用紙を机の上に置いた。それぞれ座席を示した図がシャープペンで書かれている。

「数字と記号の意味は？」興味深そうにハルタがいう。

「①が五月の最終週、②が六月の第一週、③が六月の第二週に実施された席替えです。□印は男子で、○印は女子、●印がクラス委員長」

「つまりクラス委員長は女子ということだね」とハルタ。

「ええ。図の右側が廊下に面していて、左側が校庭側です」

わたしたち三人は顔をくっつけ合って眺めた。

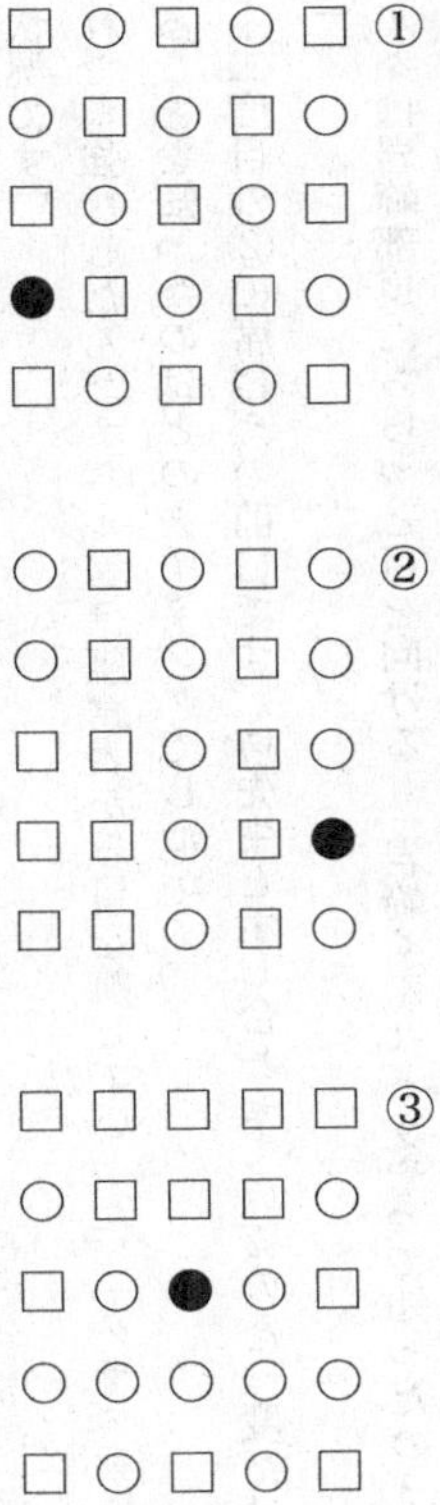

「なにかの戦の陣営ですか？　戦う相手は隣のクラスですか？」
わたしがいうと、カイユがぶはっと笑った。
「予想外だわ。これが若くて柔軟な発想……。羨《うらや》ましい」大河原先生が頬に手をあててうっとりする表情をした。
三つの座席表を睨みつけるハルタがたずねる。「●印のクラス委員長は、席替えの理由を当然知っているんですね？」

大河原先生はうなずいた。「クラスの生徒で席替えの理由を知るのはクラス委員長だけです。おそらく彼女はクラスの親しい友人にも話していないと思います。短い付き合いですが、そういう雰囲気は私にもわかります」

「席替えの度に、教師用に座席表が刷られたのですか？」

「堺先生は多少疑問に思われることでも、押し通せるくらいの権力と人望があります」

「クラスの生徒の反応は？」

「さすがに②と③のときは騒然としました。とくに③です。生徒全員の総意を得られていない状況です」

「それでも強行したんだ」ハルタは座席表から目を離していった。「クラス委員長が絡んでいることを知ったのはどのタイミングでしたか？」

「……二度目の②の席替えの前日です。堺先生と示し合わせているのを一度だけ目撃しました」

ハルタは岩崎部長にちらっと目を向ける。「岩崎くんはどうやって知ったの？」

「部活の終了報告や練習内容の打ち合わせで、僕は職員室に頻繁に出入りします。そのとき、クラス委員長が深刻な顔で堺先生と話しているところを何度か見かけました」

「ふたりが結託して、この不可解な席替えをしたわけだ」

ハルタが考え込むしぐさで鼻梁《びりょう》をなぞる。棋譜を眺めている棋士のようだ。

「大河原先生」と岩崎部長が口を開く。「上条くんたちにあのことを話したほうがいいと思いますが」

あのこと？　大河原先生は口を閉じて黙っていた。その沈黙を肯定と受けとめた岩崎部長は説明をはじめた。

「二年生と三年生に限りますが、この学校では毎週末に小テストが実施されます」

わたしとカイユは同時に嫌な顔をした。

「大学受験対策と、もうひとつ別の意味があります。一部の生徒にとって小テストは、中間テストや期末テストと同じくらい重要です」

「内申点に影響するから？」とハルタ。

「そうです。大学の指定校推薦に影響しますから、一部の生徒は非常に気にします。入学案内でも謳《うた》っていますが、この学校は有名大学の指定校推薦枠をたくさん持っています。その枠が欲しい生徒にとっては椅子取りゲームみたいなもので、三年間テストを頑張って、生活態度がよければ受験をパスできます」

ふうん、とハルタは座席表に目を戻す。「●印のクラス委員長って成績がいいの？」

「学年で二番です」

岩崎部長がこたえ、ハルタは大河原先生のほうを向いてたずねる。

「新学期から、成績が著しく上がった生徒ってクラスにいますか？」

大河原先生は言葉を選んだ。「……三人います。そこそこあがった生徒が四人」

　そこまでいわれて、わたしははっとする。「まさか」

「そのまさかですよ」岩崎部長が力強い口調でいった。「席替えの理由を推理すると、必然的にその考えに行き着くと思います」

　みんなの目が注がれ、岩崎部長は自信ありげに口を開く。

「このクラスでは組織的なカンニングが行われていたんです。三回の席替えはそれを回避するためと、犯人を特定するための手段だったんです」

「……カンニングかあ。信じられない」わたしは大きくため息をもらした。

　ふと大河原先生を見ると、腕組みして沈黙していた。ハルタも難しい顔をして黙っている。カイユも首をひねっていた。え？　え？

「どうしたのよ？　もっとみんなでびっくりしようよ」

　カイユの耳元でささやくと、彼は三枚目のA4用紙をとんとんと指で叩《たた》いた。

③
□○□○□
□□○○○

□□●○□
□□○○○
□○□○□

「この③がおかしい」

よく観察した。そういえば、この③だけ、□印の男子と○印の女子が奇妙な形でかたまっている。意味のあることかな？

「だよね」とりあえず尻馬《しりうま》に乗ろう。

「そうなんだよ」とひざを打つハルタ。「①と②はまだわかるけど、この③の座席表があるおかげで、席替えの度に生徒がまんべんなくシャッフルされているようには見えないんだ」

大河原先生は含み笑いをした。「あなたたちも、このクラスで組織的なカンニングが行われていたと思う？」試している口調に聞こえた。

「うーん、まだなんともいえないな」ハルタが伸びをしながら口を開く。「すくなくともカンニングを回避する前提なら、席替えという行為は『雑』だと思うけど」

「僕もそう思う」カイユがうなずいて追随した。「カンニングを阻止したり、カンニング犯を特定するなら、テスト中の監視を厳重にしたほうが早いよ」

いわれてみればそうだった。わたしは唇に指をあててつぶやく。「……確かに、監視役の先生を増やすほうが効率的かも」

ハルタがいった。「仮にチカちゃんのいう通りに増員できなくても、テスト開始前にカンニングの監視とペナルティを宣言して、席の一番後ろで黙って立っているだけでいいんだよ。それだけで生徒はびびる。堺先生ほどのキャリアならたぶんそうする」

わざわざ無理を通してまで席替えをする必要はないのだ。確かにテストの成績が上がった生徒はいる。だけど本人たちの努力を無視しちゃいけないし、カンニングに結びつけるのは性急かもしれない。

「まだ駄目出しは早いです」岩崎部長が割って入ってきた。「実はクラス委員長がカンニング犯の中心人物で、堺先生がやむなく協力してしまった、とかは？」

「協力？」とハルタ。

「どうしても成績を上げたい生徒がいたとしたら？　父親がリストラされたり、家庭環境に同情するところがあったり……」

「岩崎くん。きみの話は矛盾するけどいいの？」ハルタが指摘した。

――不正や犯罪をとても嫌っています。昨日、岩崎部長はそういっていた。

岩崎部長がたじろぎ、ハルタはつづける。

「きみは堺先生との付き合いが長いんだ。だからきみの主観と直観を信じたいけど、どっちだと思う？」

岩崎部長は表情を引き締めた。

「堺先生ならどんな理由があろうと、ぜったいにカンニングなんか許しません。僕の考えが浅かったです」

自分の間違いをすぐに認めた。この教室の段取りといい、ハンドボールから転向して吹奏楽部の部長になるだけの器量がうかがえた。ハルタは穏やかな目を返す。

「きみが自分の考えをいってくれたおかげで可能性のひとつが潰《つぶ》れたんだ。ありがとう」

早々とカンニング説が排除された。すごい。大河原先生はわたしたちを見つめていた。

自分で調べてわかったことが七割——おそらく彼女は席替えの理由を知っている。そのうえで、わたしたちがどういうこたえを自力で導き出すのか興味があるのだ。彼女のそんな挑戦的な態度にハルタもカイユも気づいたようだった。

カイユが大河原先生の反応を意識しながら口を開く。「①、②、③のクラス委員長の軌跡を見ると、なにかを『見る』もしくは『見られる』というより、なにかから『逃げている』みたいな感じがするけど」

確かにそうだった。①は教室の左端、②は右端、そして③で中央に移っている。席の移動の振り幅が大きい。

「逃げている、か」ハルタも大河原先生を意識して、その言葉を口の中でくり返し、「逃げているとしたら、いったいなにに対してだろう?」

「クラスメイトにストーカーみたいな男子がいるのよ」わたしは思いつきでいった。

カイユが首を傾げる。「教室の中で逃げまわってもしようがないし、強引な席替えの理由にはならない気がするけど」

「じゃあ、授業中にちょっかいを出す男子がいるの。ちぎった消しゴムや、手紙の切れ端を飛ばすような」わたしは負けじと次の説を出す。

「注意すれば済むことじゃないか」とカイユ。

「注意できないのよ。きっと変化球で飛んでくるから、どの男子かわからない」

「……素晴らしい妄想力だね」

カイユに叩きのめされて、わたしは悄気《しょげ》る。妄想特急少女ですみません……

「いや。チカちゃんの意見は最初から的を射ている部分があるんだ。ほら、③の座席表は、男子の攻撃に対する女子の布陣のような形だよ」

そうだよね、ハルタ。わたしはにこにこして③の座席表を指さした。

「男子VS女子、みたいな? 迎撃態勢オッケーみたいな?」

「うん。こうせざるを得なかった理由がきっとあるはずなんだ」

へえ、と岩崎部長が首を伸ばして、③の座席表を眺める。

「いわれてみればそうですね。クラス委員長が、自分の両脇と背中を他の女子に守らせている形にとれます」

「そうそう。①と②で様子を見て、③で思い切った布陣に出た。そんな感じにとれる」

「ごめん。妄想力を撤回する」カイユがわたしに謝って①の座席表を取り上げた。「議論を先に進めようよ。この三回の席替えが行われた時期を考えてみない？　そこに意味があるかもしれないし」
①は五月の最終週、②は六月の第一週、③は第二週……
「紫陽花《あじさい》の季節？」わたしは自分の学校の中庭のプランターを思い浮かべた。

「梅雨かな？」ハルタがつづく。

わたしは胸元のリボンに目を落とす。「……衣替え？」

「それだ。衣替えだ」カイユが声をあげる。「準備期間を含めれば、どこの学校も大抵そうじゃないか」

「夏服か。そこにヒントがあってもいいかも」ハルタが再び考え込む。

あのっ、と松田副部長が急に身を乗り出して口を開いた。「――そういえば、堺先生の頼みで、放課後に携帯電話をしばらく貸したことがあります」

「そんな大事なものを貸したの？」わたしは思わず訊《き》いた。

「……堺先生は携帯電話を持っていない方ですから」

「古い人間にもほどがあるね」ハルタが呆《あき》れた。

「でも、パートリーダー全員の家の電話番号を覚えていますよ」と松田副部長。

「クラス全員もです」落ち着いた声で大河原先生が付け加える。

「……災害時には頼りになりそうな先生だね」カイユが頬杖《ほおづえ》をついて感心した。「昔のひとは親戚《しんせき》や近所のひとの、五、六十件くらいの番号を暗記していたそうだよ」

ハルタがのけぞり、目を大きくさせた。なんだか面白いぞ。

「ねえねえ。ハルタは、わたしの携帯電話の番号をそらでいえるの？」

「そういうチカちゃんはどうなのさ？」

わたしとハルタが互いの椅子の脚を蹴《け》り合う間、嘆息したカイユが松田副部長にたずねた。

「……話が脱線して悪いね。堺先生はきみの携帯電話を借りて、なにをしていたの？」

「堺先生の目的は携帯電話のカメラでした。放課後のこの教室で、私の携帯電話をあちこち向けながら歩いている姿を見ました」

「ふうん。カメラでこの教室の撮影をしていたのかな」

「たぶんファインダー越しに覗《のぞ》いていただけだと思います。フォトデータはなにも残っていませんでしたから」

「覗いただけ？」

「はい。なにかを探している様子にもとれました」

カメラのファインダー越しになにかを探す？　肉眼とどう違うの？　わたしとハルタは喧嘩《けんか》をやめて、カイユと松田副部長のやりとりに注目する。

「もしかしてクラス委員長って、なんていうか……グラマーで可愛い娘だったでしょ？」

唐突な問いに、松田副部長はちらっと岩崎部長を見た。代わりに彼がこたえる。

「去年の文化祭で、ミス藤が咲に選ばれた生徒です」

松田副部長が面白くなさそうな表情でうつむいた。なんとなくその気持ちはわかる。

カイユが椅子の背にもたれて、ゆっくりとみんなの顔を見まわしていった。

「今度は僕の番だ。席替えの理由がわかったよ」

そして一度大きく深呼吸をしてからつづける。

「教室内を飛んでいたのは消しゴムの欠片《かけら》でも、手紙の切れ端でもない。視線だよ。カメラの視線だ。堺先生がやったことは、被写体になったクラス委員長が、どの席から撮られたのかを特定するためだ」

……盗撮？　まさか教室の中で？　想像がつかない。とっさに大河原先生の反応をうかがった。黙って聞いていた彼女の唇が薄く開いた。

「確かに最近のカメラは小型化しているわね。携帯電話に内蔵されているくらいですもの。でもたとえカメラが小さくて、シャッターの音を消せたとしても、授業中に写真を撮るのは難しいと思うわよ」

その通りだと思った。カメラを構えて、ファインダーを覗いて、シャッターを押す。どんな状況でも撮影者の存在は不自然なものになる。しかしカイユは平然と首を横にふった。

「映画やテレビと同じ手法なら？」

「え」

「クラス委員長の席は決まっているんだから、事前にカメラアングルさえ決めておけばいいんだよ。『動画』を撮影しつづけて、欲しい部分だけ切り取る」

大河原先生は無表情でカイユを見すえていた。カイユは「どうだ」と自信のある目を返している。しばらくの沈黙のあと、大河原先生は努めて冷静な声でいった。

「——教室の盗撮犯、アスモデウスの存在に一歩近づいたようね」

4

静まった教室に窓から射す茜色《あかねいろ》の陽が次第に広がった。ワインレッドの木の床の照り返しに目を奪われて窓の外を見ると、空が赤々と燃え、とろとろに艶《なま》めいたように色づいている。いつの間にか日が暮れる時刻になっていたことに気づいた。

「アスモデウス……？」

大河原先生の口から発せられた奇妙な言葉を、ハルタがくり返す。

そろそろ話しましょうか、と大河原先生は切り出した。

「ソロモン王に封印された七十二柱の悪魔のひとり。色欲を司《つかさど》る悪魔。その悪魔を名乗る生徒が、このクラスの生徒にいました」

そういって椅子から立ち上がり、カーテンをすこし閉めて赤い陽をさえぎる。

「……私はパソコンのキーをひと差し指で押すような機械音痴なんです。だから自分で調べたことをできる限り詳しく話すわね。去年からパソコンのインターネットの世界でアスモデウスと名乗る人物が、授業中の藤が咲高の女子生徒の写真を公開していたそうです。本人には無断で、顔こそ写さなかったそうですが、顔から下、制服がわかる範囲での撮影です。インターネットの世界では、全国の女子高生の写真を集めたサイトと呼ばれる掲示板があるそうです」

椅子に戻った大河原先生の顔を見た。不快げな様子が彼女の表情にかすかにあらわれた。

「今年になって、アスモデウスによる被写体がこの教室で増加するようになりました。それに気づいたのがクラス委員長。彼女自身が標的にされたからです。顔は写らずとも、自分の制服姿だったことはわかったそうです。衣替えの準備期間、彼女が夏服になった途端、インターネットで公開される写真が一気に増えたそうです」

「最低だ」わたしはつぶやき、松田副部長もうなずく。

「クラス委員長は泣き寝入りする生徒じゃなかったの」大河原先生は感情の起伏をわたし

たちに見せずにつづける。「正義感の強い生徒でした。堺先生にこの一件を打ち明け、全校の女子生徒のためにアスモデウスの正体を突きとめようとしたのです。その方法が三回に分けた席替えです」

ハルタが三枚の座席表に目を落として疑問を口にする。

「どうして授業中だろう?」

「狙った被写体が動かないから」カイユがこたえた。

「それはわかるよ。でも——」とハルタは、黙って聞き入っている岩崎部長に目線を上げた。「ここはきみみたいな健全な男子生徒の意見を聞きたいけど」

「え、ええ」健全といわれて岩崎部長は戸惑っていた。

「授業中の女子生徒の写真なんか見てムラムラってするものなの?」

岩崎部長は真面目に考える顔をして首を横にふった。松田副部長の鋭い視線が飛ぶ。

ハルタは大河原先生のほうを向いてたずねた。「先生は実際にアスモデウスの写真を見たのですか?」

「クラス委員長からやっと聞き出せた話ですので、写真までは……」

「なぜわざわざアスモデウスという名前にしているのか、気にならなかったのですか?」

大河原先生が口をつぐむ。考えたことがない表情だった。

「ぼくは気になるな。カイユ、確認できる?」

いいよ、とカイユがこたえると、ハルタは自分の携帯電話を投げ渡した。

「ねえ。だれに電話するの？」わたしは訊《き》いた。

「FMはごろもの知り合い」

椅子から立ち上がったカイユは、みんなからすこし離れて携帯電話のボタンを押していく。気づいた。携帯電話を持たない彼もまた、電話番号をきちんと暗記していた。コールの間をおいて通話状態になり、途端にカイユがぺこぺこと低姿勢になる。

「突然のお電話申し訳ありません。睡蓮《すいれん》寺の檜山界雄と申します。ええ、ええ、お久しぶりです。え？　元気ですよ。——え？　うさぎとかめの第二話？　それはお楽しみにしてください。いま第三話まで書きためていますから。孫がめと孫うさぎの銃撃戦です。孫がめは甲羅を脱ぐとすごいんですよ。筋肉質で強いんですよ」

シリアスな雰囲気がぶち壊しだ。

「……何者ですか？　このひと」

胡散臭《うさんくさ》そうに松田副部長がささやき、胡散臭そうな説明しかできそうにないわたしは、

「たぶんわたしなんかより、大人の知り合いがいっぱいいると思う」と彼を持ち上げてみる。

「いますこしお時間をいただいてもよろしいでしょうか？　ひとつカメラのことでお伺いしたいことがあって急な電話をさせていただきました。以前、ローカルテレビ局の現場で

鍛えたとおっしゃったじゃないですか。やだなあ、もう。ええ、じゃあいきますよ。デジタルカメラのファインダー越しでなにかを探すとしたら、どんなものがありますか？　肉眼では見えなくて、デジタルカメラのファインダーなら見えるものです」

カイユは携帯電話を持ち直した。

「え？　わかりにくい？　細かい状況を説明しますから、これならどうでしょう」

カイユが長々と説明して沈黙する。

「即答ですね。いやはや、さすがだな。――え？　エロガキ？　法に触れる？　そうですよね。厳重注意ですね。僕の口からよく叱っておきます。おかげで助かりました。お身体、大事にしてくださいね。本当に心配しているんですよ。お酒もほどほどに」

真顔に戻ったカイユが携帯電話を切ってハルタに投げ返す。そしてぽかんと沈黙するわたしたちを見ていった。

「たぶん堺先生がこの教室で探していたのは赤外線の光源だと思う。デジタルカメラのファインダー越しに見ると、白く輝いて見えるそうですが」

椅子の脚が音を立てた。大河原先生だった。「どういうことなの？」

カイユがこたえる。「アスモデウスと名乗る生徒が使っていたのは、たぶん赤外線カメラです。それでアスモデウスの名前の意味と合致します」

息を呑《の》むような大河原先生の凝視があった。カイユは指を二本立ててつづける。

「赤外線カメラの特徴はふたつ。ひとつは暗闇の中の撮影。テレビの動物番組でたまに夜間撮影が行われますが、あれです。そしてもうひとつのほうは――非情にたちが悪いですよ。昼間、薄い衣服の内側を透視できるんです」

「透けて見えるの？」わたしは驚いていった。

「衣服と肌が密着している状態で、しかも薄着の状態なら、下着の模様くらい透けて見えるそうです。でも白黒写真のようなモノトーン系の色合いで写るそうですよ。藤が咲みたいな有名私立の女子高生なら、需要はあるかもしれませんが」

確かに授業中は前屈みの姿勢になるから、背まわりが密着している状態になる。いまは夏服だ。この教室で日常的に、そんな悪質な盗撮が行われていたなんて……

許せなかった。女の敵だ。わたしと松田副部長の顔が強張《こわば》っていく。

大河原先生は呆然《ぼうぜん》とした表情で椅子の背にもたれていた。「クラス委員長と堺先生は、私にそこまで教えてくれなかった……」

「先生は客人ですから、巻き込むことはできなかったと思います」

ハルタがいい、三枚の座席表を机の上で並べ直してつづける。

「事態はもっと深刻だった。クラス委員長が囮《おとり》、堺先生が頭脳になって、アスモデウスと名乗る生徒と対決している。そういった観点でもう一度見れば、①、②、③の席替えはよくできていると思う。①でクラス委員長は後ろから二列目の校庭側、②は同様の廊下側に移っています。教室全体を見渡しながら、大きく左右に舵《かじ》を取るイメージでアスモデウスの正体を絞り込む。そして最後は③で決着をつける。この③が理にかなっている」

「え」とわたし。

「席替えが三回つづいたということは、アスモデウスと名乗る生徒が赤外線盗撮をやめなかったということなんだ。たぶんアスモデウスを名乗る生徒は、ぜったいに自分の正体はばれないと踏んでいたんだよ。その点、クラス委員長と堺先生のほうが一枚上手だった」

どういうことだろう？　わたしは③の座席表を食い入るように眺める。松田副部長も同様に頬を寄せてきた。

「先生。三回の席替えの顚末《てんまつ》はご存じですか？」

ハルタの問いを受けて、大河原先生のためらいがちな声が教室に響く。

「……アスモデウスと名乗る生徒は特定できたようです。しかし、それは堺先生しか知らないことです」

「正体は男子生徒とは限らない。●印のクラス委員長の、後ろ一列のだれか」

顔を並べるわたしと松田副部長がぐふっと喉《のど》の奥で呻《うめ》き、揃《そろ》って見上げる。正体は女子生徒だったの？　うそでしょ？　呆気《あっけ》にとられた岩崎部長が大河原先生の反応をうかがっている。

「……ええ。大河原先生は重い息を吐いた。女子生徒の仕業だというところまではわかっています」

「女の敵は女か。DJヨネのいう通りだ」

カイユがそっぽを向いてつぶやいたので、わたしはきっと睨《にら》みつける。

「本来なら、これで事件は解決だ」ハルタが机に片手を突いて立ち上がった。「アスモデウスを名乗る生徒が特定できたのなら、この学校のルールに則《のっと》った処罰を与えればいい。どんな言い訳や理由があったって一歩間違えば犯罪なんだから」

大河原先生は苦しげに吐き出した。「……まだ終わっていないのです」

「堺先生が自宅謹慎に追い込まれたからですか？」

「……はい。堺先生は、アスモデウスを名乗る生徒をかばってしまったのです。その理由を堺先生は話してくれません。クラス委員長も私も、いまだ知ることができません」

みんなの顔が急に翳《かげ》ったので、立ち上がった岩崎部長が教室の照明をつけた。人工の光が煌々《こうこう》と頭上から降り注ぎ、窓の外がもう日没だと気づく。わたしは固唾《かたず》を呑んで大河原先生と向き合うハルタを見つめた。

「……堺先生の態度が急変したのはアスモデウスを名乗る生徒の家を訪問してからです。高校生といえど厳重な処罰は必要でした。ただ、彼女の家でなにがあったのかわかりません。戻ってきた堺先生は急に弱気になっていたのです。彼女の処罰は自分の一存で決めるとまでいい出しました。その土壇場の判断は、クラス委員長にとって裏切り行為でした」

当然だと思った。彼女は全校の女子生徒のため、身を挺《てい》する形で悪質な盗撮犯をつかまえようとしたのだ。クラスのみんなに迷惑をかけることを承知のうえで、三回の席替えの計画まで大胆に練り、それが実を結んだ。それなのに……

大河原先生はつづけた。「クラス委員長はアスモデウスを名乗る生徒を退学にしたり停学にしたかったわけではありません。きちんと自分に謝罪させて、二度と盗撮はしないと誓約書を書かせたかったみたいです。彼女は驚くほど寛大です。しかし堺先生はそれさえさせなかったのです」

松田副部長は信じられない、という表情で首をふって聞いている。

「……堺先生はクラス委員長の前で土下座までしたそうです。いまは堪《こら》えてくれ、とだけしかいわなかったそうです。彼女に納得できるはずがなかった。あまりにも理不尽に思えた」

「それ、本当なんですか？」困惑した岩崎部長が大河原先生に詰め寄った。「うそだ、そんなこと」

短い沈黙のあと、ハルタがぽつりと大河原先生にたずねた。

「――それからクラス委員長が取った行動は？」

「校長先生に直談判《じかだんぱん》です」

「最終手段ですか。やっと校長先生が出てきた」

「堺先生は校長先生の前でも、かたく口を閉ざしたそうです」

そのとき、ため息に混じって小さなつぶやきがもれた。カイユの声だった。

「アスモデウスを名乗る生徒は、いまも堺先生に守られてのうのうと登校しているの？」

「……いえ。クラスで休んでいる女子生徒がひとりいます。彼女の友人に話を聞く限りは、ひどく落ち込んで家の中で塞《ふさ》いでいるらしいです。おそらく彼女がアスモデウスを名乗る生徒で、堺先生が自宅謹慎になったことを知っています」

「先生は、その休んでいる女子生徒のことを知っているんですか？」ハルタが聞いた。

「彼女は教育実習生として母校の藤が咲高校に赴任した私に、はじめて話しかけてくれた生徒でした。何度か会話をしたことはありますが。性根まで悪い生徒ではありません。罪の意識に苛《さいな》まれているんだと思います」

「自分が自宅謹慎になることで、彼女に反省を促したみたいだね」

カイユがハルタの耳元でささやき、

「最後の最後で、彼女を道連れにした感じか……」

とハルタの視線が宙をめぐり、一点を見つめてとまる。なにかを深く考えているしぐさだった。道連れという言葉に反発した大河原先生が机の上で身を乗り出す。

「堺先生はまわりのひとを不幸にしてまで、だれかを守ろうとする先生じゃありません。……ぜったいに」

でも、とわたしは思った。やりきれない思いを抱えるクラス委員長、罪の意識に押しつぶされそうな女子生徒、そして自宅謹慎に身を置いた堺先生……。みんな、不幸になった気がする。

堺先生はいったいだれを、なんのために守ろうとしたんだろう？

「被写体はクラス委員長だけだったのかな」わたしは椅子に座り直して口を開いた。

「どういうこと？」と首をまわすハルタ。

「他にもいたんじゃないのかなって」

「当然、他の生徒も被写体になった可能性はあるよ。だからといって堺先生の態度が急変する理由にはならないと思う。アスモデウスの目的は、赤外線盗撮で下着を透視撮影することなんだ。むしろますます怒るはずだ」

「でも、堺先生が態度をコロって変えたってことは、アスモデウスを名乗る生徒は予想外の隠し球を持ってたことになるよ。そうとしか思えない」

「予想外の隠し球……？　切り札ってこと？」ハルタは片手で顔を覆った。「切り札を持っているから大胆になれた……？」

「そう、たぶん」

「じゃあこの教室でいったいなにを見たんだ？　夏服の下で……下着以外に……」

ハルタはそういって真面目に考えてくれているけど、幾つかの言葉はどうしても不快感を覚えてしまう。わたしが女だからだろうか。

「もしかしたら」カイユがなにかひらめいた様子だった。「公にさらすことができないほどのキワドイ下着を着けていたのかもしれない。社会問題になるくらいの」

社会問題になるくらいの下着があるんだったら見てみたいものだ。

「でっかいほくろ」わたしはいった。アイデア追加だ。

「ダーツができるくらいのほくろや痣《あざ》なら、社会問題になるかもしれないね……」

カイユに軽くあしらわれ、わたしはまた悄気《しょげ》る。しかしカイユはすぐに考え直す顔をした。

「いや、待てよ。その発想はなかったな。状況によっては、大きな傷とか手術の痕《あと》とかが透けて見えるのかもしれない」

「大きな傷とか手術の痕が弱みになるの？」

わたしの素朴な問いに、カイユはぐっと言葉につまる顔をして、

「……せ、性転換手術をした生徒がいたのかもしれない」

それならすごいインパクトだ。妄想特急少年がここにも誕生して、お互いため息をつく。

ほくろや痣のような生まれつきの身体の特徴や、傷とか手術の痕が除外されるなら、あとはなにが残るのだろう？　消去法のカードが早くも尽きてしまった感じだ。アスモデウスを名乗る生徒が、この教室で下着の他にいったいなにを透視したのか不思議になる。

わたしは頼りのハルタにすがる目を向けた。

ハルタは頭を抱え込む恰好《かっこう》で宙を睨んでいる。いろいろな可能性を列挙しては排除して、推考していそうな時間が流れた。祈る気持ちで見守った。ここでハルタがギブアップしたら、もうどうしていいのかわからない。

やがてようやく思い当たるものがあったのか、ハルタは机に両手をつくと、大河原先生のほうに向き直り、「先生っ」とこっちがびっくりするくらいの声をあげた。

「え」と大河原先生。

「先生は冷房が苦手なんですか？」

「……どうして？」

「色の濃いスーツをいつも着込んでいるように見えます。スカーフもとてもよく似合っています」

大河原先生は自分の服に目を落とした。黒のパンツスーツに紺のシャツ。首には目立たないようスカーフを巻いている。彼女はゆっくり顔を上げた。

あの、と松田副部長も声をかけてきた。「そういえば先生、いつも黒っぽい服を着ていますよね」

大河原先生は呆然《ぼうぜん》と松田副部長を見やる。

「ハルタ……」

ハルタの追及はつづいた。「先々週、蒸し暑い日にこの教室のエアコンが壊れていたそうですね。先生はそのときどうされていましたか？　上着くらいは脱いだでしょう」

「まさか私も……」

凍りついたように大河原先生がハルタを見つめた。

「先生、やっぱり……」

動揺したハルタががたっと椅子を動かした。大河原先生の表情が壊れそうになっている。

ハルタはなにかを呑《の》み込むしぐさをしてから、辛そうにまぶたを閉じてつづけた。

「……いまの反応でだいたいわかりました。堺先生が教職を賭《と》してまで守ろうとしたのは、唯一の心残りだった教え子の未来だったのではないでしょうか」

ふと、わたしの脳裏によみがえる数々の言葉があった。

——卒業できなかったの。校則違反を理由に、自主退学を勧告されて
——最後まで私をかばってくれたのが、クラス担任だった堺先生だったの。そんな堺先生の熱意を当時の私は疎ましくて、ひどい罵《のの》り言葉を吐いて飛び出すように自主退学したわ。あのときの堺先生の顔はいまでも忘れられない……

——社会に出てからいろいろあったけど、二十六のときに介護施設で働くようになって、大検を受けて夜間大学に通いはじめたの

——ゴリラの雄叫《おたけ》び。泣いて、笑いながら吼《ほ》えていた

——すまない。お前は必ず生徒から必要とされる教師になる。だから頑張ってほしい

「教頭先生のかつらと同じだ」

険しい顔をしたハルタがだれにともなくつぶやき、わたしははっと現実に返る。

「本人はぜったいにばれていないと思い込んでいる。アスモデウスの目に映るはずがないと、自分に言い聞かせている」

大河原先生はうなだれて、両肩をかすかに震わせていた。

「たぶん、アスモデウスを名乗る女子生徒は、自宅で堺先生に責められたときに切り札を出したんだ。教室のエアコンが壊れた日に撮った一枚の写真——。赤外線カメラが写したそれは、かつて自主退学をさせてしまったひとりの教え子の過酷な人生を物語っていた。堺先生は腰を抜かすほど驚いたんだと思う。そして自分を責めた。……これで堺先生が取った行動のつじつまが合う。どうでしょうか」

長い空白があった。わたしもカイユも岩崎部長も松田副部長も沈黙の中にいた。やがてくぐもった声が、大河原先生の薄い唇を割った。

「上条くん……」

ハルタは無言を返す。

「ありがとう。謎を解いてくれて。今日まで気づかなかった私が馬鹿だった。やっぱり私みたいな女が、夢を見ちゃいけなかったのね」

大河原先生の目にあった涙の粒が崩れ、まっすぐ頬を伝って落ちていった。涙は机の上に染みをつくり、ハルタは見たくないように顔を背ける。姿勢を正した彼女は、岩崎部長と松田副部長のほうを向いた。

「……ごめんね。騙《だま》すつもりはなかったの。私の背中一面には、消そうとして、まだ消せない過去が残っているのよ」

「先生、それは……」

戸惑う岩崎部長に、大河原先生は儚《はかな》げな笑みを浮かべてこたえる。

「刺青《いれずみ》」

わたしは口元をかたくして大河原先生を見つめた。

ためていた息を吐き出したカイユが、教室の引き戸のほうに足を向ける。

「……どこ行くの？」

「二十分くらい前から、廊下で立ち聞きしているひとがいるんだよ」

引き戸の磨りガラスにうっすらと人影が映っていた。気づかなかった。目を赤くした大河原先生とハルタが同時にふり向く。カイユが引き戸を開けると、草壁先生がばつの悪そうな顔で立っていた。藤が咲高の制服を着ているわたしたちを順に見て、さらにばつの悪そうな顔をする。

「うちの生徒を連れ戻しにきました」

ぺこりと頭を下げて教室に入ってきた。岩崎部長と松田副部長は緊張して身構え、わたしとハルタはあたふたする。

「きみたちのお節介は筋金入りだね」

そう小さな声でいい、大河原先生の前に立った。

「清水南高吹奏楽部顧問の草壁信二郎です。この度はご迷惑をおかけして申し訳ありませんでした」

深々と頭を下げ、大河原先生が慌てて立ち上がる。かしこまった彼女は首をゆっくり横にふった。

「こちらこそ……恐縮です。堺先生から草壁先生の名前はいつもうかがっておりました」

「そうですか。私も大河原先生のことはうかがっておりました」

「え」

「堺先生は、大河原先生に期待していたのですよ。自分がいままでできなかったことが、大河原先生だったら成し遂げられるのかもしれないと」

大河原先生は唇の内側をきつく嚙《か》み、草壁先生はつづけた。

「……堺先生はアスモデウスと名乗る生徒から、大河原先生の背中の刺青が写った写真を突きつけられたそうです。かつての教え子の退学をとめられなかったことを悔やみ、自分を責めました。ただ、その刺青の半分は消えていた。おそらく来年に向けて、消している最中だとわかった」

堪《こら》えきれない表情をした大河原先生が両手で顔を覆った。

「……刺青を消すのはかなりの苦痛を伴いますし、身体に傷を残すそうです。それでも大河原先生は将来生徒の前に立ったとき、恥ずかしくないよう身体を元に戻そうとしていた。堺先生はそこに望みを感じたそうです」

大河原先生の指の隙間から、か細い声がもれた。それは祈るように教室の中に響いた。

「ありがとうございます、ありがとうございます。もうじゅうぶんです」

「大河原先生……」

「堺先生をもう解放してあげたい。私なんかをかばったために……もうこれ以上……」

「教職の道を諦《あきら》めるということですか？」

大河原先生はその問いにこたえずに顔を上げた。ハンカチを出して目元を拭《ぬぐ》う。

「私、堺先生をまた呆《あき》れさせてしまいましたね。やだな。昔と全然変わってない。せめて、最後だけは迷惑をかけないようにします」

最後……。わたしは黙って息を吸った。

「これからふたりの生徒に会いにいってきます。ひとりは理不尽な目に遭ったかわいそうな生徒。もうひとりは、追いつめられている未熟でかわいそうな生徒。私で許されるのなら、彼女たちに最初で最後の授業をしてきます」

それから大河原先生はわたしたちに深々と頭を下げ、教室から立ち去った。草壁先生はとめなかった。わたしたちも動けなかった。

暗い廊下を遠ざかる大河原先生の足音は、Uターンするように戻ってきた。引き戸が開いて、彼女が顔を出す。そこに、やわらかい微笑みがあった。

「流しの生徒さんに、お礼をいってあげてくださいね」

「……流しの生徒?」草壁先生が睨《にら》みつけて、三人で縮こまる。

大河原先生は、ありがとう、あなたたちと会えてよかった、とつぶやき、今度は完全に姿を消した。全力で廊下を走っていく気配が伝わった。岩崎部長と松田副部長が顔を見合わせる。草壁先生が彼らの背中を押した。ふたりは草壁先生にぺこりと頭を下げ、彼女のあとを追う。

教室には部外者のわたしたちが残された。

「この制服、どうすればいいかな？」カイユが自分の制服をつまんで引っ張る。

「明日返そうよ」わたしは小声で返した。

ハルタが無言で歩き出す。ひとり気落ちして思いつめた雰囲気があった。ハルタ……

「上条くん」草壁先生が声をかけると、ハルタの背中がびくっとして立ちどまる。

「先生……」

「なんだい？」

「ぼくは、後藤さんのお祖父《じい》さんのときと同じように、あのひとを追いつめてしまったんでしょうか」

草壁先生はこたえなかった。ハルタの沈んだ声はつづく。

「……自分の中でもやもやしている部分があるんです。刺青のどこがいけないのかって」

わたしも思った。刺青をすることが社会的にどう悪いのか、それとも本人の自由で済まされるのかが判断できない。いまどきのファッションの一部として「タトゥー」という言葉に置き換えて刺青を入れているひとだって多い。

「教育者の立場として、ひとつだけ確かにいえることがあるよ」

草壁先生がいい、わたしとハルタとカイユは首をまわす。

「見たくもない他人の目に触れることは問題だ」

草壁先生は真っ暗になった窓ガラスに視線を投じた。

「それは大きな意味を持っている。だからこそ昔のやくざや罪人は、世間の道から外れて生きることをいわずとも示せたんだ」

「先生。昔じゃなくて、いまの話ですよ」カイユが抑えた声でいった。

「現代でも変わらないんだ。たとえば電車の中で携帯電話を使って大声で話すひとがいるだろう？　自分のプライバシーを知りたくもないまわりの人間に撒《ま》き散らしている。それと同じことだと思う。見たくもない他人が自分の思った以上に大勢いて、彼らの厳しい視線を受けることを自覚しなければならないんだ」

ハルタは大河原先生が去っていった方向を見つめていた。長い間、見つめていた。なにかをいおうとして、その口を弱々しく閉じた。

草壁先生はうつむき、眼鏡のフレームの位置を時間をかけて直す。

「……あの先生なら、だいじょうぶだよ。そろそろ行こうか」

藤が咲高校の潜入劇は、こうして幕を閉じた。

5

たかが席替え、されど席替え……

いままで話さなかったクラスメイトと隣同士になっただけで、人生が華やかに変わることがある。友だちに恵まれなかった私は、席替えの度に自分は変われるのではないかと胸を躍らせた。それは、退学勧告を受ける学期までつづいた。

私は自分の足で一歩を踏み出す勇気を持てずに、三角のくじに身をゆだねていたのだ。

そんな馬鹿な青春時代を送ってきた少女がいたことを、生徒たちに教えてあげたかった。

その少女が求めたもの、得られなかったもの、見たかったもの、見られなかったものを。


―――


介護施設を出たのは夜の九時過ぎだった。契約社員扱いだが、勤務時間は最近、伸びつつある。いままで夜間大学を理由に残業を頑なに断ってきたが、先週から引き受けている。

案の定、所長は私に正社員になることを勧めてきた。正直、迷っていた。

住んでいるアパートの最寄り駅を降りて、静寂に包まれた住宅街を歩く。

街灯の下にある粗大ゴミ置き場に、今朝縛った教材が積んであった。横目で見ながら先を急ぎ、アパートの鉄階段を上がろうとする。

ふと郵便受けになにかがはみ出ていることに気づいた。大量のダイレクトメールに紛れて、分厚い手紙の端が飛び出ている。

差出人の名前を見て、抱えていたバッグが地面に落ちる。慌てて封を解き、部屋に戻ることも忘れて、わずかな明かりの下で貪《むさぼ》り読んだ。手紙は十枚以上あった。何度もくり返し読んだ。涙が後から後からこみ上げるようになってきて、とうとう読めなくなった。
忘れられない数行の言葉があった。

おまえがすべてを話してくれたあの日の夜、生徒たちから連絡があったんだ。彼女に関しては、じゅうぶんにやり直せることが切実に伝わってきた。そしておまえが戻ってくることを、本心から願っていたんだ。
来年、そして再来年でも、これからもずっと、教育実習生の枠をひとつ開けておく。覚悟が決まったら、どうか連絡をしてくれないか。

私は手紙を胸に抱いて顔を上げた。遅くはない。あの頃道で立ちどまっていた少女は、大人になって、いつだって新しい一歩を踏み出せる勇気を持っていた。

初恋ソムリエ

ぎーたい【擬態】

動物が周囲の物や他の生物体と似た色や形をしていること。他からの発見を避け、身を守るのに役立つ。

明鏡国語辞典より

なんと世の中には、夜空に擬態する昆虫がいる。

その昆虫はオーストラリアやニュージーランドに生息していて、日本では土ボタルと呼ばれている。幼虫は自ら分泌した粘着性のチューブ状の筒の中で暮らしていて、無数の幼虫が放つ光の瞬きが夜空に輝く星のように見えるそうだ。

洞窟《どうくつ》や草むらの中で見えるその輝きは、夜の光、星のある場所、つまり無限に広がっている宙《そら》の方向を示す。そこに向かって飛べば広々とした空間を移動できるはずだと小さな虫は勘違いして、チューブの各所から垂れ下がったカーテン状の粘着物に搦《から》めとられてしまうのだ。悲しいことに土ボタルの成虫さえ、この罠《わな》にひっかかってしまうという。

わたしたちが思い浮かべるホタルといえば夏の風物詩だ。里山や渓流で乱舞する小さな光は、夜に活動するうえでの仲間認知、恋の信号と考えられている。

だからこそ、その幽玄な光にいろんな思いを馳《は》せることができる。

しかしある種の雌ボタルは、別種のホタルの点滅リズムを真似して、その別種の雄がやってくると捕らえて食べてしまうらしい。それを知ったとき、最初は思いっきりひいた。……ま、そうでもしなければ食にありつけないのなら仕方がない。必死に生きているホタルたちに人間がとやかくいう筋合いはない。わたしはもう夢見る少女を卒業しました。ごめん。そんなの嘘です。やっぱり恋の信号を悪用しているなんてあんまりだ！

これって都合のいい解釈なの？　ということでハルタに訊《き》いてみた。ああ、チカちゃん、そんなことでプンスカ怒っているのか。まったくしようがないな。あのね、別種での騙《だま》し合いは自然界ではごく普通のことで、むしろ人間だけが同種内で騙し合いをするんだ。自然界では人間が異質になるんだよ。人間って本当に愚かだよね……。おまえは神か。

いまから話すのは、遠いようで近い昔話。

わたしが生まれる前、四十年前にあった騙し合いの話。

そして、叶《かな》わなかったふたりの初恋の物語――

あちこちのそらのきれぎれが　いろいろにふるえたり呼吸したり

あらゆる古い年代の　光の規約を送ってくる

鳥があんまりさわぐので　私はぼんやり立ってゐる

そらのきれぎれ——夜空の星のことだ。ふたりの手のひらは赤く腫《は》れ上がり、すでに感覚がなくなっていた。深い森のような現実でも、見上げれば無数の光が輝いていると信じていた。

しかしふたりが見上げた光は、まったく違うものだった。

1

キーン・コーン・カーン・コーン。

これがクラシックなんだろうかと耳を澄ませて聴く習慣ができた。

お昼のチャイムとともに期末テストの最後の科目が終了して、答案用紙が回収された教室は安堵《あんど》感《かん》と解放感に包まれた。今日は土曜日で午後の授業はない。ショートホームルームと掃除が手早く終わると、教室と廊下は足音が入り乱れ、部活に急ぐ生徒、そのまま遊びに行く生徒、とっとと家に帰る生徒で校舎はごった煮の状態になった。

わたしは鞄《かばん》と、お弁当がふたつ入った巾着《きんちゃく》袋を持って校舎の四階に急ぐ。音楽室の扉からカイユが顔を出して手招きした。

「上条くんのお腹が鳴って大変だよ。早くお弁当を」

滑り込むようにして音楽室に入る。部員のみんなが輪をつくってお弁当箱を広げ、音楽室の隅でハルタがぐったりと横になっていた。わたしは恐る恐る近づいて、ハルタの背中を指先で押してみる。ぴくっと動いた。よかった。生きている。

ハルタの二の腕を引っぱってみんなの輪に交じった。彼にお弁当箱をぐいと渡して、包んだ布巾を広げる。ここ数日、ふたりが同じお弁当箱であることにはじめて気づいた部員がいた。隣に座るマレンだった。

「……穂村さん、上条くんのお弁当も用意しているの？」

「うん。期末テスト対策の家庭教師代」

お弁当箱の蓋《ふた》を開いてこたえた。今日はおにぎり弁当で、具はおかかとたらこだ。マレンはわたしとハルタを交互に見てつづけた。

「そういえば、中間テストのときは晩ご飯だったね。上条くん、その期間は体脂肪率がすこし上がったみたいだけど」

わかりやすい体質だと思いながらツナ入りの卵焼きをフォークで刺す。「今週からお母さんが家にいないの」

「え」

「お父さんが単身赴任先で風邪をひいたから、看病しに行ってるの。だからお弁当で手をうった」

「……手づくりなんだ」感心したマレンがふとなにかに気づく。「じゃあもしかして、いまは家にひとり？」

「だいじょうぶよ。近所のおばさんと仲良くしてるし」

みんなが沈黙してわたしを見入る。どうしたの？　ひとつ屋根の下、それも夜中、高校生の男女が一緒の部屋にいた事態に気づいたのはしばらくあとのことだった。一方のハルタは、おにぎりを両手で持って小動物みたいに黙々と食べている。夢中といった感じだ。

「昨日の晩と、朝食が抜きなんだって」カイユがハルタを見ながら同情する。彼もおにぎりを頬張っていた。なんだかめずらしい色のおにぎりだった。緑と赤と黄色の粒々……

「ひとり暮らしなんかやめて、親元に帰ればいいのに」成島さんもおにぎりで、彼女は箸《はし》を使って口に運んでいた。

「い、嫌だ」とハルタが顔を引きつらせて拒否反応をする。

なんとなくその気持ちはわかる。ハルタには三人の姉がいて、親元の家には次女と三女が住んでいる。東京に住んでいる長女も含めて、彼の複雑な人格形成に影響を及ぼした姉たちだ。なんでもいま、次女と三女のふたりだけでも月の酒代が十万円を越えるらしい。

「ところで穂村と檜山は、テストの感触はどうだったんだ？」

先にお弁当を食べ終えた片桐部長が水筒のお茶を飲みながら聞いてくる。二年生以上は中間、期末テストである程度以上の成績順位を修めないと、平日六時以降と日曜日の練習時間が短縮される。留年した生徒を含めて、吹奏楽部で危ないのはふたりしかいない。

そのひとりのカイユがおにぎりを頬張りながらこたえる。

「ほむはほむほふむはふ《僕はだいじょうぶですよ》」

「……穂村はどうだ？」

「はむほむは《だいじょうぶです》、ほむはぬふ《心配ないって》」

「お前ら、俺を馬鹿にしているのか？　会話しろよ！　俺と会話してよ！」

ハルタの視線がじっとカイユのお弁当箱に注がれている。成島さんもマレンも見つめていた。カイユが顔を上げ、ごくりと口の中のものを飲み込む。

「僕も自分でお弁当をつくっているんだ」

「……なんのおにぎりなの？」成島さんが眉《まゆ》を顰《ひそ》める。

「これはミックスベジタブルおにぎりだけど」

「やっぱりそうなんだ。信じられないっ」

「見た目で判断しちゃ駄目だ。具はサバの缶詰めだよ。すこしでも頭がよくなるように」

いやっ、いやっ、と成島さんが叫び、黙って眺めていた片桐部長がふうと長いため息をついて立ち上がった。

「早く飯を食えよ。ここは一時から合唱部が使うんだから」

知らなかった。みんなで慌ててお弁当をかき込む。

片桐部長は鞄から歯磨きセットを取り出していた。吹奏楽部では食後の歯磨きは必須になっている。「練習は三時半からだぞ。体育館のステージを使う」

「まだ二時間以上先ですが」マレンが壁がけ時計をふり仰いでいった。

「草壁先生の指示だ。それまで自由時間。休んでテスト明けの頭を切り替えるなり、個人練習をするなり好きにしていいそうだ」

わたしも首をまわす。いつもは賑《にぎ》やかな一年生の後藤さんがいなかった。「あの、後藤さんは？」

「祖父の見舞い。今朝からまた具合が悪くなったらしい。三時半頃に戻ってくるそうだ」

わたしは口を閉じた。ハルタがカイユから譲ってもらった「頭がよくなるおにぎり」を急いで食べて立ち上がり、鞄を漁《あさ》って譜面を取り出した。目の前でひらひらさせる。

「チカちゃんは休む暇なんてないんじゃないの？」

うっと呻《うめ》く。チャイコフスキーの「交響曲第六番　悲愴《ひそう》　第一楽章」。三週間後に控えたコンクール予選大会で演奏する楽曲だった。

歯をよく磨いたわたしは校舎の一階の空き教室にひとりでいた。教室の真ん中の椅子に座り、イヤホンを耳につけ、開け放した窓から吹く気持ちのいい風を受けながら譜面とにらめっこをする。

選曲はクラシックだ。実は去年から練習課題曲として取り組んできた楽曲でもある。

少人数編成では無理のある選曲だけど、草壁先生が練習用にアレンジしてくれた。まさかそのときはコンクールの楽曲に選ばれるなんてちっとも思っていなかったから、みんなから意欲的な演奏方法の提案がたくさん出た。パートの見直しもそのときからはじまっていたことを思うと、草壁先生がちゃんとコントロールしてくれていたことがわかる。

ハルタやマレンや成島さんの負荷は大きい。彼らを支えるアンサンブルも高度なものが要求されている。シンバル、ティンパニ、バスドラムといった打楽器を一年生とふたりでこなすカイユも大変だ。

イヤホンから流れるデモ演奏をくり返し聴き、譜面の音符を目で追いながらフルートのパートをイメージした。みんなの足を引っ張りたくない。いまのところ合奏で十回以上はミスする。来週までに、なんとか五回くらいに減らしたい。

自分なりに咀嚼《そしゃく》したポイントを整理して、譜面に色ペンで書き込んでいく。まだ幾つかの拍子で、よくわからないところがあった。いまさら気軽にハルタや成島さんとかに聞けないし、悩みながら譜面を指でとんとんと叩《たた》いていると、後ろから急に影が伸びて、色ペンをひょいと取り上げられた。

イヤホンを外してふり向くと、芹澤さんが立っていた。春よりすこし髪が伸びていた。

「探したわ」

日差しの中で彼女がいい、目を瞬かせたわたしは自分を指さす。

「……わたしを？」

芹澤さんはこくりとうなずいてから、ペンを持っていた腕を伸ばした。「ここがわからないんでしょ？」

さらさらと譜面にペンを走らせて、草壁先生が指摘して書き込んでくれた箇所に、彼女の解釈を加えてくれた。わたしは椅子を引く。尊敬の眼差しで芹澤さんを見上げた。それから、餌を欲しがる雛《ひな》のように口を開いた。

「なに、その顔。教えてほしいの？」芹澤さんが指でペンをくるくるまわしながらいう。

「教えてくれるの？」わたしは身を乗り出した。

「いいわよ。穂村さんの力になってあげる。わからないところ、なんでも教えてあげるわ。なんなら一日レッスンしてもいい」

嬉《うれ》しくて飛び上がりたかったけど、なにか含むところのある彼女の笑顔が気になった。

そういえば彼女は、わたしに用があってここにきたのだ。

「わたしが力になれること、なにかあるの？」と上目で聞いてみる。肩もみ？　お使い？

「いまから片桐部長のところまで連れていって。すこし込み入った話があるから」

「行けばいいじゃない」

「ひとりじゃ嫌だから頼んでいるのよっ」

すごい剣幕で怒られた。片桐部長の妹のことで、ふたりに因縁があることを思い出した。

ひとりでは気が引けるからわたしを頼ったのかな。お安いご用だ。

よく見ると芹澤さんの手に、一枚の怪しげな葉書があった。


「片桐部長ーっ」

音楽準備室の扉を開け、隣の合唱部の練習に負けないくらいの大声をあげる。奥からトランペットのマウスピースを持った片桐部長があらわれた。クロスで手入れをしていたようだ。

「芹澤さんが話があるそうです」

わたしの背後に隠れていた芹澤さんが、緊張した面持ちでぺこりと頭を下げる。

「話？　俺に？」片桐部長が近づいてきて、合唱部が練習をつづけている音楽室のほうに顔を向けた。「ここでか？」

芹澤さんがなにかいいたげに眉を顰める。合唱部の練習と片桐部長の声の聞き分けが難しいことに気づいたわたしは、「ね。場所を移そ？」とふたりの背中を押して音楽準備室から出た。

できるだけ音楽室から離れた空き教室を探しながら三人で廊下を歩く。片桐部長がおもむろにわたしの制服を引っ張って、耳元に口を寄せてきた。

「……穂村、悪いが、これから校外に出て、商店街でいちご大福を買ってきてくれないか。

檜山の情報によれば彼女の大好物らしい」

手渡されたのは百円玉ひとつだった。「いちご大福？　足りないよ」

「貸してくれ。緊急を要するんだ。ほら、入部の件で気が変わるかもしれないだろ」

「なによ。下心がみえみえじゃないの」なけなしの百円玉を受け取った手を握りしめ、投げつけそうになる。

「コンクールまであと三週間だぞ。こいつの腕なら、いまからでも合奏に合流できる」

なりふり構わないその姿勢に、呆《あき》れるのを通り越して情けなさと不憫《ふびん》さを覚え、遅れてやってきた感情は腹立たしさだった。最低っ、うるさいっ、と廊下でふたりでつかみ合っていると芹澤さんが間に入ってきた。

「もっとゆっくり、交互に、はっきり喋《しゃべ》ってくれるとうれしい」

「だよね」とわたしは片桐部長から離れ、きっと睨《にら》みつける。

校舎の二階に移動する途中で、自主練から戻ってきたハルタとすれ違った。手にはホルンケースを提げている。案の定立ちどまって、片桐部長、芹澤さん、わたしの組み合わせを興味深そうに眺めていた。彼に尻尾《しっぽ》があれば、ぱたぱたとふっていそうな雰囲気だ。しっしっ、とわたしは手をふって、片桐部長と芹澤さんの腕を引いて先を急ぐ。やけにハルタがおとなしいので、気になってふり向いて見ると、彼は制服のズボンのポケットから携帯電話を取り出してだれかにメールを打っていた。

「ここがいいだろ」

と片桐部長が二階の空き教室のひとつに入っていった。音楽室からだいぶ離れたので、合唱部の練習の声はほとんど届かない。片桐部長と芹澤さんのふたりは教室の真ん中まで進むと、ひとつの机を挟んで椅子に座った。

引き戸の前でわたしは所在なげに立つ。ふたりで話をするんだよね？　ここにいたら邪魔だよね？　元の場所に戻ろうとすると芹澤さんがちょいちょいと手招きした。いてもいいの？　と目で問うと、彼女がうなずいてくれたので喜んで駆け寄る。

やけに足音が多いことに気づき、立ちどまってふり向いた。

ハルタとカイユと成島さんがばつの悪そうな顔で真後ろにいた。もうひとりいる。ああ。マレンまで……。片桐部長を見ると、机の上で頭を抱えていた。

「責任を持って放り出してきます」わたしはハルタの耳を引っ張って、ほらほらと牧童みたいにみんなを教室から追い立てようとする。

「――構わないわよ。いても」

芹澤さんの落ち着いた声に、「え」とみんなが同時にふり返る。

「……もしかしたら貴重な意見が聞けるかもしれないし」

芹澤さんは自分にいい聞かせる口ぶりでいった。ハルタたちが顔を見合わせる。彼女の気分が変わらないうちにといわんばかりに、急いでふたりのまわりの席についた。

吹奏楽部の主要メンバーに囲まれた芹澤さんが、かしこまって口を開く。

「朝霧亨《あさぎりとおる》って男子生徒が、片桐部長と同じクラスにいると思います」

「朝霧……」一拍ほどおいて、片桐部長の顔全体がぐにゃりと歪《ゆが》んだ。慌てて温かい笑顔をつくって、「いるよ。あいつがどうかしたか？」

「そのひと、何者なんですか？」

すごい質問だと思う。片桐部長は言葉を選ぶ表情をして黙り込んでいた。やがて泣き出す女の子のように両手で顔を覆うと、「悪い。説明するのが難しい……」

え？　え？　なんなの？　いったいどんな生徒なの？　わたしの隣に座るハルタが口添えした。

「噂には聞いたことありますよ。三年生の中では生徒会長の日野原さんに目をつけられている、かなりの大物らしいですね」

「大物？」わたしは過敏に反応した。「いやっ。どんな大物なの？」

片桐部長はすこし考えるように視線をさまよわせてから、低い声を出した。

「いったいやつが芹澤になにをしでかして、芹澤はどうしたいのか？　その観点で話してくれないか？　そのほうが手っ取り早い」

芹澤さんは黙って見つめ返し、その目を大きくさせた。

「いいわよ。いま、私の伯母さんと朝霧亨ってひとが、この学校で面談しているの」

「待った」と片桐部長が遮った。「……悪い。話の時間をもっと巻き戻してほしい。ついでに馬鹿な俺にもわかるように詳しく。芹澤の伯母？　面談？　この学校で？　朝霧と？　なんで？　もうわけわかんねえよ」

芹澤さんは深々とため息をついた。つづいて届いた声から抑揚は消えていた。彼女が朝霧亭という三年生の男子を快く思っていないことがありありと伝わる。

「私にはオーストラリアで雑貨店を経営している伯母さんがいるの。私が高校を卒業したら帰国して、一緒に暮らすことになっている」

「直ちゃん。あの家を出るの？」カイユが驚く声でいった。

「うん」芹澤さんの横顔にはかたい決意があった。

「そう……」カイユが静かに返し、芹澤さんの片耳に届かない小声でわたしたちに説明してくれる。「……直ちゃんの伯母さんは、もう何十年も前に芹澤家を勘当されたひとなんだ。六十近くになるよ。この高校の卒業生だ」

わたしは思わず芹澤さんを見る。彼女はふた呼吸くらい置いてから、一本調子の口調で話しはじめた。

「電話と手紙のやり取りをずっとつづけてきた伯母さんが、一ヵ月前から急きょ帰国しているの。表向きの目的は観光で、実際は住む場所の下見。ただ、もうひとつ別の目的もあった。二年後の生活に向けて、いろいろと身辺整理したいことがあったみたいなの。それでこの町の興信所で、人捜しの依頼をした」

「人捜しだと？」片桐部長が反応する。

芹澤さんはいいにくそうに口をすぼめ、やっとの思いで吐き出した。

「……初恋の相手」

「ふん。やっと話がつながった。依頼をしたのは朝霧興信所だろ？」

芹澤さんはこくりとうなずく。

成島さんが話についていけない素振りでハルタにささやいた。「……ねえ。最近の興信所は初恋相手なんか捜すの？」

「安そうな仕事だね」ハルタが欠伸《あくび》を嚙《か》み殺しながら返す。

「馬鹿っ。初恋はビジネスのチャンスだぞ。初恋を馬鹿にするやつからは、ビッグマネーすらも逃げていくんだ」片桐部長が首をまわし、しまったというふうに片手で顔を覆った。

「朝霧の口癖がうつってしまった……」

それを聞いて芹澤さんの鼻息がすこし荒くなる。「老舗《しにせ》の興信所だって聞いているわ。伯母さんの依頼はもう終了しているの。私に話してくれたんだけど、初恋相手の数十年前までの住所はわかった。でもいまは引っ越して音信不通。お金の無駄遣いに終わったわ。……でも問題はこれから。現所長のひとり息子から、挑戦的な葉書が伯母さんのホテルに届いたの。それがこれよ」

芹澤さんが机の上に置いた葉書を、みんなで井戸をのぞき込むようにして眺める。

ご満足いただけないような調査結果で大変申し訳ございませんでした。
三代目を継ぐ予定のひとり息子としても残念でなりません。
しかしながら、本当に失礼ではありますが、あなたの記憶の中の初恋は、
本当の初恋なのでしょうか？
私はあなたのような初恋の真贋《しんがん》を確かめる方法を研究しております。
初恋とはいったいなんでしょう？
もし興味があれば、我が研究所までご足労をお願い申し上げます。

清水南高校　初恋研究会代表　初恋ソムリエ　朝霧亭
連絡先　×××—××××—××××

初恋研究会……。初恋ソムリエ……。

この胡散臭《うさんくさ》さ。紙面から、この学校の頭のおかしな生徒特有のオーラが漂ってきた。いまのわたしなら感じ取れる。

「葉書と一緒に、この学校の旧校舎の部室までの地図もホテルに送られてきたのよ。で、

いま、この時間、伯母さんと朝霧亭ってひとが面談しているの。……ねえ、私、どうすればいい？」

芹澤さんの声が怒りで震え、その気持ちはわかるぞといいたげに片桐部長がしきりにうなずいてみせた。

「研究所の場所は、文化部の部室があてがわれている旧校舎の一階だ。演劇部、発明部、地学研究会の部室が並んでいる。別名、青少年サファリパークだ」

青少年サファリパーク……。芹澤さんがひざの上でぎゅっと拳《こぶし》をかためている。

純粋なマレンが聞いてきた。「初恋研究会？　去年の四月のクラブ合同説明会では、そんな研究会はなかった気がしますが」

片桐部長がため息をついてこたえる。「合同説明会に参加するつもりなんてないんだ。あいつの代で研究会を終わらせるつもりだから」

自分勝手だ。この学校はそんなやつばっかりだ。

それを受けて、芹澤さんは病んだ獣のように低く呻《うめ》いた。

「初恋ソムリエ……。舐《な》めていますよね？　私の知り合いが国内の一流ホテルのレストランで、ワインのソムリエをしているの。あれは本当に立派な仕事だと思っている。ソムリエってあくまで給仕人であって、一流のサービスマンなんですから」

それから腹の底から煮えくり返るなにかを押さえ込む表情で、

「……野菜ソムリエにはいいたいこともあるけど、まあ許すわ。雨後のタケノコのように出てきたソムリエ業の中で、施設のロビーに置く本を選ぶブックソムリエには憤りを感じたけど、それさえキュートに思える初恋ソムリエっていったいなんなの？　だれか教えて」

ハルタがふうと息をつき、

「――部長。実際のところ、その朝霧さんって先輩の実力はどうなんですか？」

と声をあげた。芹澤さんがぴくっと動き、興奮がわずかに鎮まる。

「実力だと？」

「葉書の内容と、話の流れからして、彼は初恋の鑑定を真面目にしているんでしょう？」

「ああ。俺自身が試したことがあるぞ」

空き教室にいたみんなが驚き、芹澤さんもすがる目を向ける。

「俺は高校一年のときも朝霧と同じクラスだったんだ。会ってみればわかるが、あいつはたとえ初対面でも旧知の仲のような雰囲気にさせてしまう。気を許したのか、それともあいつの誘導尋問に引っかかったのか……いまなら後者だと断言できるが、俺が体験した中学時代の初恋話を朝霧にしてしまったことがあるんだ。高校に入学しても、ときどき夢に見る淡い思い出だったんだよ。それを朝霧はヨダレを垂らしたドーベルマンのように興味を示してきた」

「片桐部長が初恋……」

　失礼だけど意外な気がした。片桐部長からそういった話を聞くのははじめてだった。

「朝霧が懇願してきたんだよ。『親の商売柄、初恋の真贋について研究をしているんだ。おまえの初恋を実らせるよう努力するから、研究に協力してくれないか』ってな。別に俺は初恋を実らせたい気持ちはなかったし、思い出として、そっとしておきたかった。ただ、魔がさしたんだろうな……。あわよくばっていう気持ちもあったんだ。朝霧はそこを見逃さなかった。結局、初恋相手の情報を教えてしまったんだ」

　片桐部長は遠い目になってつづけた。

「……同級生の彼女は水泳部だったんだ。俺の中学には、吹奏楽部の部室に行くまでの廊下が学校のプール沿いにあってな。彼女たちが準備体操をする時間を意識してよく通っていたよ」

「なんかちょっとやらしいですよ」わたしは口を挟んだ。

「純粋な気持ちだよ。実際、彼女の水着姿は直視できなかったんだ。あのときは彼女が近くにいるという雰囲気や、声が聞けるだけで、胸がドキドキした」

　なんとなくわかるような気がする。

「……その話を朝霧にした数日後だ。俺はあいつに目隠しをされて校内のあるところに連れて行かれた。学校のプールの近くであることはすぐにわかったんだが、驚いたことに中学時代のあの気持ちが急に蘇《よみがえ》ってきた」

「気のせいではなくて？」ハルタがいった。

「気のせいじゃないぞ。高校に入学して何度かプールの脇を通ったことはあるが、あんな気持ちははじめてだった」

「朝霧さんはいったいなにをしたの？」とわたし。

「企業秘密だって教えてくれなかったな」

「なんだろう」ハルタが腕組みして考え込む。

「……あの。研究の成果は？」とつづいてマレンが口を開いた。先の展開が気になる様子だった。

「おまえの初恋は本物だが、格付けは四級で、熟成まで八年かかるといわれた」

ぶはははっとカイユの笑い声が空き教室に響く。

「あいつがいうには、『おまえは彼女に初恋をしたが、塩素にも恋をした』らしい」

「塩素？　塩素ってプールの消毒に使う、あの白い錠剤？」成島さんが眼鏡のフレームを動かしながら目をぱちくりさせる。

「そうだよ。根拠として『匂い』に関したわけのわからないレポートをもらったよ。読まずに破り捨てたがな」

「匂いか……」今度はハルタがその言葉に反応した。

「匂いだ。だからどうしたっていうんだ？」

わたしも興味を持った。初恋と匂いは関係するのだろうか。「……それで、肝心の初恋の成就はどうなったんですか？」念のため訊《き》いてみた。

「朝霧の情報で、彼女は翌年に海外留学してしまうことがわかった。結局俺は朝霧の研究に利用されて、初恋のプライバシーをしゃぶり尽くされて終わったよ。挙げ句の果てには『これで我慢しろ』と彼女が愛用したというビートバンを母校から勝手に持ってきたから、投げ返してやった。なぜかついたばかりの歯形があったな」

最低の結末だ。わたしは黙ったままうつむいている芹澤さんの顔をのぞいた。変な気を起こさないよね？　だいじょうぶだよね？　やがて彼女の震える声が耳に届いた。

「……ありがとう。相談してよかった」剣幕が津波のように膨れ上がる横顔を見た。「いま、私の伯母さんが朝霧という変人にいじられているわけね。他人のプライバシーに土足どころかスパイクで入っていくようなひとなんて許せない。伯母さんにもしものことがあったら……」

椅子から立ち上がった芹澤さんは、カイユが持っていたスティックを奪って空き教室から出ていった。残されたわたしたちはぽかんとする。

「どうするの？　スティックを持って出ていったけど」マレンが心配した。

「直ちゃんのことだから威嚇に使うだけだよ」カイユが嘆息する。

「だったら可愛い絵になるわね」成島さんが伸びをした。

「たぶん、強引に伯母さんを連れ戻して終わるよ」ハルタが冷静に結末を分析する。

「ちょっと、ひどいんじゃない？　芹澤さんの力になってあげないの？」わたしはみんなの前に立って両手を広げた。

「……まずいな。朝霧は切れ者だから、まともにやり合ったら芹澤は泣かされるぞ」片桐部長が不穏なことをつぶやき、

「ほらっ、ほらっ」とわたしは野球の三塁コーチみたいに腕をぐるぐるまわす。

片桐部長が腕時計に目を落とした。「練習がはじまるまであと一時間半か。芹澤には貸しをつくりたいし、すこしくらいなら遅刻しても許すから、選抜隊をふたり選ぼう」

「どうやって選ぶんですか？」ハルタがいった。

「こういうときは決まっているだろ」

みんなで輪をつくってじゃんけんをした。

2

グー・チョキ・グー・パー。ふたりで示し合わせて、順番に同じものを出しつづければペアになる確率は上がる。この阿吽《あうん》の呼吸《こきゅう》がハルタと通じてしまったところに複雑な心境

を覚えてしまう。

　文化部の部室があてがわれている旧校舎の前に着き、わたしはハンドタオルで額の汗を拭《ふ》いた。鋭い日差しが頭上に燦々《さんさん》と降り注ぐ。ハルタが芹澤さんの腕をつかみ、彼女はごくっと喉《のど》を震わせる。

「……ここが青少年サファリパークなの？」

「言葉のあやだよ」

　ハルタがなにかに気づいた様子で顔を横に向ける。ヘルメットを片手に鼻唄《はなうた》を歌いながら歩いてくる女子生徒がいた。長い髪をひとつに束ねて左肩に落としている。鼻唄はどこかで聴いたことのある歌謡曲だが、外見に似合わず音痴なのでわからない。地学研究会の麻生さんだった。もう一方の手にコンビニの袋を提げていた。紙パックのジュースとアイスがたくさん入っている。部室で待っている仲間たちのために買ってきたのだとわかった。

　彼女は自分の世界に入っていたが、ハルタに気づいて急に立ちどまる。女のわたしがどきっとするほど愛らしい微笑を唇に浮かべ、コンビニの袋に手を入れる。細長い紙パックのジュースをわたしたち三人にひょいひょいひょいと投げ渡した。いちごミルク味のジュースだった。

「カイユによろしく。たまには遊びにきてっていって」

　彼女は軽やかな足取りで旧校舎の昇降口に向かっていく。

「なによ？　あの女」

芹澤さんは紙パックにストローを突き刺し、握《にぎ》り潰《つぶ》すようにして中身を吸い上げる。

わたしもハルタも全部飲んでから昇降口で靴を脱ぎ、一階の廊下を歩いた。洞窟《どうくつ》みたいに妙に薄暗いところが気になる。三人で部室の引き戸を順に確認していった。

初恋研究会という札がかかった引き戸を見つけて前に立つ。中で談笑する気配がした。勢いよく引き戸を開こうとする芹澤さんの肩を、ハルタがやさしくつかむ。

「待って。真面目な話をしているかもしれないんだ」

様子をうかがおうよ、とハルタが引き戸に横顔を寄せた。わたしもそうした。芹澤さんは補聴器の位置を調整して、ぴたりと耳を押しつける。中の声がはっきりと聞こえた。

（……驚くのも無理はありません。本来ならフェロモンは、昆虫の蛾とかが出す誘引物質なんですから）

（……フェロモン？）

（……はあ）

（……時間は限られているので単刀直入にいいます。一刻も早く、芹澤響子《きょうこ》さまに『初恋フェロモン』を嗅《か》いでいただき、『初恋トランス状態』になっていただくことを我々は望んでいますっ）

芹澤さんが無表情で引き戸から顔を離した。「蹴破《けやぶ》っていい？」

「いいんじゃない？」もうどうでもよくなって返した。

まあまあ、とハルタがなだめてノックする。

「お取り込み中、申し訳ありません。吹奏楽部二年の上条春太と申します。同級生の芹澤直子さんが伯母さんに急な用があるそうで、突然のお邪魔をさせていただきました。友人の穂村千夏さんも一緒にいます」

部室の中が急にしんと静まり返り、引き戸が開いた。マレンに負けないぐらいの長身の男子生徒がぬっとあらわれる。整髪料を使ってオールバックにした髪、色白で清潔感のある顔に、大らかそうな笑みが浮かんでいた。

彼の背後で首を伸ばす年配の女性がいた。淡いベージュのスーツを着て、白髪を目立たない程度の綺麗《きれい》な栗色で染めている。年恰好《としかっこう》はわたしのお母さんより上の世代とわかるが、還暦に近いとは思えない若さがあった。

「あら。直子……」

「伯母さん。心配できちゃった」

ふたりは部室の中で、親しいクラスメイトみたいに両手を取り合った。伯母さんはわたしたちに目をとめると、「芹澤響子と申します。いつも直子がお世話になっております」といって頭を深々と下げた。

「馬鹿っ、馬鹿っ、私がお世話してるのっ」芹澤さんがわたしたちふたりを指さす。

帰ろうかチカちゃん。——うん。踵《きびす》を返すわたしたちの制服を、芹澤さんがつかんで離さない。なんなのよ。

「上条春太です。日頃、直子さんにお世話されています」ハルタも伯母さんに深々と頭を下げ、「穂村千夏です。直子さんがいないと生きていけません」とわたしも深々と頭を下げた。

うふふ、直子に面白い友だちがいてうれしいわ、この子、人見知りが激しかったから、と伯母さんが目尻《めじり》に深い皺《しわ》を刻んだ。気さくさが伝わってくる笑顔だった。

わたしはそばで見守っていた朝霧さんに気づき、慌ててぺこりと頭を下げる。

「すみません。突然お邪魔して——」

「きみたちとははじめて会うね」

朝霧さんがにっこりと真っ白な歯をのぞかせた。渡してくれた名刺には、〈初恋研究会代表　初恋ソムリエ　朝霧亨〉という文字が遠慮も躊躇《ちゅうちょ》も迷いもなく、くっきり印刷されている。「……高校生ふぜいが」と芹澤さんがものすごい形相で睨《にら》みつけるが、朝霧さんはどこ吹く風だった。彼は伯母さんに向かって口を開いた。

「芹澤響子さま、ここはいったん中断したほうがよさそうですか？」

芹澤さんが伯母さんに、ここまできた事情を、身振り手振り早口で説明した。伯母さんは吐息をつき、どうしようか迷うしぐさを見せる。

「……でもね、直子。確かに私はいままで独身を貫いてきて、男っ気もなかったから周囲に誤解されてきたけど、生物学的にも心理学的にも正真正銘の女なのよ? 初恋だってちゃんとしているのよ? 私くらい生きてきたら、初恋相手がどうなったのか知ることくらい——」

「この研究所が胡散臭《うさんくさ》いのっ」

芹澤さんが声高く叫び、伯母さんは困った顔をした。

「そんなことをいわないで。朝霧さんはすごく『興味深いこと』を私に訊《き》いてきたのよ。再現できるものだったらしてほしいし」

再現? 思わず朝霧さんを見た。オールバックの髪に櫛《くし》を通しながら、不敵な笑みを浮かべている。切れ者、という片桐部長の言葉を思い出した。

「朝霧さん。直子とお友だちが一緒にいてもよろしいでしょうか?」

ふたりの間に、なにか目配せが送られた気がした。

「もちろん、構いませんよ」

朝霧さんが承諾してくれたので、わたしとハルタは部室の中を進み、興味深く見まわした。六畳くらいの部屋をふたつつなげたようなつくりだ。

伯母さんが懐かしそうに天井を仰いでいう。「……ここはもともと美術室と資料室だったのよ。私たちが使っていた校舎がまだ残っていてうれしいわ」

部室はたくさんの本棚とステンレスラックに囲まれていた。ハルタがめずらしそうに眺めているのは、匂いに関連する学術書、脳のしくみに関する書籍、そして味覚に関する資料がまとめられた本棚だった。高校生のくせにワインのソムリエ関連の本も揃えてある。ラベルが貼られた空き瓶が無数に並んでいることも特徴的だった。栓がついているものや、ないもの、そして奇妙な液体が入っているものまで様々ある。「日野原」とラベルが貼られたリコーダーがあった。初恋格付け五級と達筆で書かれている。

「あのー。失礼します」

とギャルソン風のエプロンを着た小柄な女子生徒がぞろぞろと部室に入ってきた。四人いて、なぜか軍手を携えている。朝霧さんを「ソムリエ」と恭しく呼んでいた。彼女たちに聞きたいことは山ほどあったが、どれから質問していいのかわからない。

部室の中央のテーブルに人数分の椅子が用意されて、みんなで座る。

どこかで見たことがあるようなホワイトボードの前に朝霧さんが立ち、初恋ソムリエール娘たちがみんなにお茶と、お茶請けのクッキーを配ってくれた。わたしにお茶を出してくれたひとりがいきなり顔を近づけ、くんくんと匂いを嗅ぎはじめる。

「あなたの吐息から恋の香りがしますよ。甘いいちごとミルクの香り。甘酸っぱい青春の香りですね」

ありがとう、頑張る、とわたしはなんの感動も込めずに返した。

伯母さんはお茶をおいしそうに啜《すす》ってから口を開いた。「……朝霧さん。さっきは急いでいたようですが、私には時間があります。この子たちに合わせたペースで進めていただいて結構ですよ」

「わかりました」朝霧さんはわたしたちのほうを向き、「では芹澤直子さん」

「え、私？」と芹澤さんが背筋を伸ばして反応し、注意深く片耳を向ける。

「きみに聞きたいんだが、初恋ってどういう意味だと考えているのかな？」

芹澤さんは真剣な素振りで考え、だれかの顔を思い浮かべたように頬と耳たぶをすこし赤らめた。「……生まれて初めての恋、かな？」

「……とんだ素人ですね」

初恋ソムリエール娘のひとりが吐き捨て、芹澤さんはがたっと音を立てて椅子から立ち上がる。

「なるほど。待って待って、喧嘩は駄目だから。だいたいいまので認識がわかった。本題に入る前に、すこし話をしたほうがよさそうだな」

腕組みした朝霧さんが勝手に喋《しゃべ》りはじめるので、わたしたちは聞き入る姿勢をとった。

「そもそも初恋研究会を発足したのは、実家が興信所をしているからなんだ。全国展開する大手と違ってうちは零細企業だ。浮気《うわき》調査や素性調査といった手堅い仕事は、豊富な資金力と人材を抱え、かつ広告出資をしている大手が全部かっさらってしまう」

はい、とわたしは手を挙げた。

「……興信所って殺人事件の調査とかはないんですか？　警察の幹部が泣きながら頼ってくるパターンで」

「きみは探偵漫画や探偵アニメの見過ぎだ。だがその期待感はわかる。なにをかくそう俺も小さい頃は、身のまわりで誘拐事件や見立て殺人や密室バラバラ殺人事件が毎週起きて、警察のお偉いさんが土下座して解決を頼みにこないかと本気で思っていた。七夕のお願いにも書いたことがあるぞ。町内会で問題になったがな」

危険な少年時代を送った彼が、初恋ソムリエという胡散臭い肩書きにどうやって辿《たど》りついたのか俄然興味が湧いてきた。

「ところでいま、どこの興信所でも『初恋の相手を捜します』という仕事内容があるのを知っているかな？　実はあれはうちの先代が苦肉の策で考案したんだ」

「へえ、そうなんだ」と素直に相槌《あいづち》を打つハルタ。

「初恋相手を捜す仕事は意外においしい。浮気調査や素性調査みたいに時間はかからないし、人員も必要としない。ケースによってはデスクワークで済んでしまうことがあるし、やろうと思えばひとりで複数案件を同時並行できる。なにより潜在顧客があった」

おいしい仕事、デスクワーク、潜在顧客——家業を継ぐ気まんまんの高校生らしくない言葉がぽんぽん飛び出てくる。断言する口調も相まって、妙な説得力を感じさせた。

「例えば結婚相談所ってあるだろう？　あれに登録している女性で、玉の輿《こし》を狙っているひとなんてほとんどいない。あたりまえの話だが、日常で出会いがないから登録しているんだ。おっと、こんな話はきみたちにはまだ早いかな……」

「早いわよねえ」と伯母さんは面白がって聞いている。

「穂村千夏さん」朝霧さんがいきなりわたしを指名した。

「わたし？」

「仮にきみが嫁に行き遅れて、結婚相談所に登録したとする」

「いやよ……」

「したとする。素性の知らない相手を探してもらうよりも、過去出会ってきた異性に再び出会えるチャンスがあれば、それに越したことはないと思わないか？」

確かにそうかも。小さくうなずいた。

「きみたいなひとが潜在顧客になる。うちは結婚相談所に登録している男女を対象に、初恋の相手、もしくは過去気になっていた異性の現状を知りたくないかというダイレクトメールを送ったんだ。結婚相手の斡旋《あっせん》ではなく、あくまでも『あのひとはいま？』という簡単な素性調査だ。さっき説明した通り、簡単に調べることができるから調査料は安く抑えた。これが当たった」

はい、と今度はハルタが手を挙げた。

るんですか？」

「ダイレクトメールを送るって顧客名簿が必要ですよね？　そんなもの、簡単に入手でき
「道を歩いていたら名簿が落ちていたんだ」

「そんな道はどこにあるのよ？」芹澤さんがいまにも嚙《か》みつきそうな唸《うな》り声をあげた。

「大人になればわかる」

伯母さんが目の端に笑いを込めていった。「ね、直子。面白いでしょ、朝霧さんって。喋り方が老けているし、実は背中にファスナーがあって、中に渋いおじさんが入っていたりして」

「これは参ったな」朝霧さんが首の後ろのほうを掻《か》く。

「早く先に進みなさいよ」芹澤さんはにこりともしない。

「うむ。じゃあそろそろ本題に入っていくから、そのつもりで聞いてほしい。『あのひとはいま？』という素性調査はうちのヒット商品になった。依頼の多くが、初恋相手を捜してほしいという内容だ。しかし初恋相手を捜したところで、反応が薄いひとが多いことに気づく」

朝霧さんはそこで一度、言葉を切った。

「初恋というのは、たいがいにおいて過去の記憶なんだ。過去の記憶だからこそ自らふり

返って、あれが初恋だったと定義することができる。しかもめいっぱい美化される。だから現実を目の当たりにすると、そのギャップに尻込《しりご》みしてしまう」

「思い出とはそういうものでしょう？」ハルタがいった。

「否定はしない。ただ三代目を継ぐ予定の俺としては、顧客をがっかりさせるのではなく、満足という付加価値を与えてあげたいんだ。失望させることがわかっている仕事を受けるほど、むなしいものはない」

「付加価値……」度々くり返される営業トークに、わたしはすこしついていけない顔を返した。

朝霧さんがにやりと笑う。「初恋こそ、鑑定が必要だと思わないか？」

「……鑑定？」

「そう。当時の状況を正確に再現する。記憶から、誇張や歪曲《わいきょく》という要素を取り除いた、純粋な情報のみを抽出して鑑定する」

わたしは伯母さんを見た。しきりにうなずいて聞いている。わたしは顔を戻して、

「そんなの、どうやって？」

朝霧さんは片手を鼻の近くに上げ、手のひらで優雅にあおぐしぐさをした。

「テイスティング。匂いを嗅《か》ぐ」

「はあ？」

「正確には匂いを嗅ぐのは俺ではない。顧客のほうだ」

朝霧さんの指示で、初恋ソムリエール娘のひとりが、ホワイトボードに「プルースト」という文字を大きく書いた。

「プルースト効果というものがある。ある匂いを嗅ぐと、昔の思い出がはっきりと頭に浮かぶ現象だ。匂いに結びついた記憶はかなり強いもので、文字や味や色や音などとは比較にならないといわれているほどだ。現代国語の授業で随筆なんかを読んでいると、匂いと思い出が結びついている例が多いことに気づかないか？」

そうだっけ？　ハルタに目でたずね、

そうだよ。ハルタが目で返し、

「……なんか発明部のオモイデマクラみたいな話になってきたね」

とわたしにささやく。どうやらその小声が、朝霧さんの耳に届いてしまったらしい。

「ふん。オモイデマクラか。噂に聞いているぞ。色聴と記憶を結びつけるんだったな。発想は面白いが、結論を出すのが早すぎた」

「ちょっと声が大きいわよっ」わたしは立ち上がった。「北の部室の発明部がどこに盗聴器をしかけてあるのかわからないのよっ」

「朝霧興信所の三代目を舐《な》めるなっ。そんなものがあればすぐにわかる」

こんな馬鹿なやり取りでも、伯母さんは聖母のように穏やかな表情で耳を傾けている。

「……話を戻そう。この初恋研究会では、初恋は嗅覚《きゅうかく》によって生まれた感情だと仮説を立てているんだ。嗅覚は脳と直接結びついている唯一の感覚で、脳の中でも、大脳辺縁系と呼ばれる人間の本能や情緒行動を支配する部分と直結している。初恋は四歳で経験するひともいれば、三十歳を過ぎてから経験するひともいる。はじめて異性を好きになる行為は、理性的な考えによるものではなく、本能に近い感情が働いているんだ」

「やだ。動物みたいじゃん」わたしは夢を壊された子供の気分になった。

「むしろそれでいいんだ。だからこそ、幼い子供でも初恋を経験できる。脳に直結した嗅覚で生まれた感情だからこそ、長い間記憶に残る現象になるんだ」

「……つまり初恋の現場には、必ず『匂い』というファクターがあるってことですね」

ハルタが要約してみせると、朝霧さんは鋭い眼光を見せた。

「さっきからきみはなかなか感度がいいな。我々がその匂いを再現して、顧客に嗅いでもらう。匂いのブレンドが重要になるんだ」

なんだか神妙に納得してしまったわたしは、深々と息を吸い込んだ。芹澤さんもあまりのことに呆《ほう》けた顔をしている。

「初恋ソムリエの仕事をわかってもらえたかな？　プルースト効果で、初恋の記憶を鮮明に呼び覚ます。智慧《ちえ》の力と、想像力と、再現の腕の見せ所だ。ちなみに我々は便宜上、再現に成功した匂いを『初恋フェロモン』、当時の状況を克明に思い出した顧客を『初恋トランス状態』と呼んでいる」

芹澤さんがはっと我に返った。唇をきつく噛み、山田風太郎の小説に出てくる幻術使いでも相手にするような表情で伯母さんの肩を揺する。

「駄目、駄目、騙《だま》されちゃ駄目。まさか本気で、あのひとのいうことを信じるの？」

ゆさゆさと左右に揺すられた伯母さんがまぶたを閉じて、「信じるわ。直子は誤解しているようだけど、根は真面目な方なのよ」

芹澤さんは一瞬言葉を無くし、空を噛んだ。

根は真面目な方……。わたしは気になった。——すごく『興味深いこと』を私に聞いてきたのよ——伯母さんはそういっていた。

ギャルソン風のエプロンを締める朝霧さんが涼しげな笑みを浮かべている。きびきびと指示をする声が飛び、初恋ソムリエール娘のふたりが軍手を持って部室から出ていった。

これからなにがはじまるんだろう？

「私、伯母さんの初恋の話なんて聞いたことないよ？ こいつらに話せて、私に話せない理由はあるの？」

芹澤さんが指すこいつらは、どこからともなく寿司桶《おけ》としゃもじを取り出して、布巾《ふきん》で一生懸命磨いている。

「……直子。知らないひとだからこそ話せてしまうことってあるのよ。そして大切なひとには知ってほしくないこともあるの」

芹澤さんの目が言葉にできない不満を訴え、口をつぐんで顔を伏せる。見ていてすこしかわいそうな気がした。わたしは隣のハルタを肩で小突く。ハルタは音のないため息をもらすと、テーブルの上で身を乗り出した。

「あの。差し出がましいようですが、伯母さんの好きなように話していただくことはできないでしょうか？」

「……好きなようにって？」と返す伯母さん。

「隠したい部分は隠していただいて結構です。伯母さんがさっきおっしゃったことはわかりますが、身内の直子さんにとってフェアじゃない」

「フェアって言葉の使い方、間違ってない？」

「じゃあ、いい換えます。理屈はわかるけど釈然としない」

伯母さんは瞬きを数回くり返し、ハルタに向かって軽く微笑んだ。「……本当に、差し出がましいわね」

「友だちが困っているときに加勢するのは駄目ですか？」

退こうとしないハルタを、芹澤さんがじっと見つめている。伯母さんはなにかを考えている表情をした。やがて顔を上げ、わたしたちを試す口ぶりでいった。

「この森を通り抜ければ……みちはさっきの水車へもどる……鳥がぎらぎら啼いている…

…たしか渡りのつぐみの群だ……」

詩に思えた。でもなんの詩だろう？　わたしと芹澤さんは首をまわして、頼りのハルタを見守る。難しそうな顔をしていた。頑張れ、ハルタ。

「宮沢賢治？」

ハルタが自信なさそうにいうと、伯母さんが無言で先を促す。

「……なんの詩か忘れました」

「宮沢賢治の『春と修羅』という詩集の中にある、『この森を通りぬければ』の一節よ。私は全部そらでいえるわ。彼に教えてもらったの。私の青春は深いようで浅い森の中で彷徨《さまよ》っていた。その森を照らしてくれる夜空の星の光は、私たちの場合はホタルの光だった。ホタルって星が垂れると書いて、『星垂る』ともいうのよ」

「火が垂れると書いて『火垂る』といういい方はアニメ映画で知っていますが、それは初耳です」雑学をまたひとつ習得したハルタはうれしそうな顔をしていた。

ホタル……星垂る……森を照らしてくれる、夜空の星の光……。それが伯母さんの初恋と、どんな関係があるのだろう？

「──あの、朝霧さん」伯母さんが遠慮がちに口を開く。

「なんでしょう？」腕組みして立っていた朝霧さんが静かに返した。

「直子たちに、私の初恋のことを話す時間はあるかしら？」

「すこしくらいなら待ちますよ。でもまさか、全部話すおつもりでは？」

「彼の提案通り、できるだけ短い時間で私の好きなように伝えるわ。三人いれば、だれかひとりでも真実を読み取ってくれるひとがいるかもしれませんし」

「……どうぞ。構いませんよ」

伯母さんがわたしたちのほうを向いた。知恵比べがはじまる前の緊張感を覚えた。わたしと芹澤さんはハルタを挟んで、自然と彼に身体を寄せる形になる。

「恥ずかしい話かもしれないけど、私の初恋はとても遅かったの。はじめて男性を好きになったのは十九の大学生のとき。私たちふたりの間には、常にあるものがあった。そのあるものを、ひたすらたくさんつくっていたの。それは森を通り抜けるために必要なものだった」

「……あるもの？」と芹澤さん。

「それは、おにぎりよ」

わたしはハルタと思わず顔を見合わせた。お昼に食べたおにぎり？

3

伯母さんはお茶を啜《すす》って、すこし言葉を探すような間を置いたあと、語りはじめた。

「……私はね、家を飛び出す形で上京したの。そしてすぐ、深い森の中で迷ってしまった。親に反発することしか能がなくて、世間知らずで育ってきた私は、森を抜けるための太陽の光がさす方向も、星の光が示す抜け道もわからなかった」

比喩《ひゆ》が次々と並んで戸惑う。わたしも伯母さんの思い出話の中で迷子になりそうだった。隣に座るハルタの顔をちらっとうかがう。身を乗り出して真剣な表情で聞いている。わたしも頑張らねば。

「……森の中でうずくまっていた私を、助けてくれたひとたちがあらわれたの。それが、はじめてできた森の仲間だった。リーダーのラビストーオは声をあげながら常に先頭を歩いてくれた。鳥使いのペラントーオは、わたしたちの存在を森の外に知らせるために、呼べばたくさん集まる鳥たちのことを常に考えていた」

不思議な想像が頭の中をめぐる。芹澤さんを見た。わたしと同様に首をひねっている。

「そしてモルテという仲間は猟銃を持ち歩いていた。正直怖かったけど、見上げれば光る星のきらめきが、わたしたちを正しい方向に導いてくれるものだと信じていた」

トンと指でテーブルを小突く音が、伯母さんの思い出話をさえぎった。ハルタだった。

「リーダーのラビストーオ、鳥使いのペラントーオ、猟銃使いのモルテ……森を抜けるための仲間は全部で何人いたんですか?」

わたしと芹澤さんのために、簡潔にまとめてくれたことを知った。

「たった八人よ。でも鳥たちが集まれば、何百と膨れあがる。その鳥たちはひとしきり騒いだ後、すぐに帰ってしまう鳥だったけどね」

何百と集まった鳥が、ひとしきり騒いで、すぐ帰る……

謎かけに思えた。

「役に立たない私はみんなの食事係に任命されたの。ひたすらおにぎりを握るのよ。いうなればおにぎり係といったところね。森の仲間や集まってきた鳥たちのためにたくさんのお米をいっせいに炊いて、炊きたてを急いで握って配るの。想像以上に熱くて、手はグローブのように赤く腫《は》れあがった。お米を冷ましてから握ればいいだけの話だけど、それだと誠意がないってリーダーのラビストーオに責められてしまう。だれもやりたがらない仕事で、人手はとても足りなかった。鳥たちに手伝ってもらいたくても、集まってくる鳥たちには、私たちのいいところしか見せたくなかったから、それはできなかった。……熱いおにぎりを握るのはとても辛《つら》い仕事だった。でも私はそれを受け入れるしかなかったの。だってしようがなかった。『おまえはなんのために生きているのか？』、『いままで安穏と過ごしてきて恥ずかしくなかったのか？』ラビストーオや鳥使いのペラントーオや猟銃使いのモルテたちに囲まれてそう詰問されたとき、世間知らずで育ってきた私はなにもこたえられずに涙ぐんでしまったのよ。責められて責められて、本当に自分が馬鹿だと思った。そんな自分だったから、おにぎり係を押しつけられても疑問に思わなかったのね。その名誉あるおにぎり係に任命されたのは、私の他にもうひとりいたの。その男性も私と同じで、まったく役に立たないひとだった。身体ばかりが大きくて臆病《おくびょう》なひとで、彼は自分のことベンジャントと呼んでいたわ。ベンジャントの故郷ではお米がとれたの。だからベンジャントは両親からお米をたくさん送ってもらえた。森の仲間にとって、ベンジャントの利用価値はお米にあったの」

伯母さんはお茶をひと口啜り、懐かしそうに目を細めてつづける。

「……森の仲間の名前はね、ベンジャントがこっそりつけていた名前だったの。独特の名前だといっていたわ。ベンジャントは私にも名前をつけてくれたわ。私の名前はポウラステロ」

おにぎり係のベンジャント。

そして伯母さんにつけられた名前——ポウラステロ……

「私とベンジャントは、どうすれば効率よく熱いおにぎりが握れるのか、そればかり考えて過ごしたわ。ベンジャントは臆病だったけれど、やさしいひとだった。私のためにお茶《ちゃ》碗《わん》をふたつ用意してくれたの。お茶碗に炊きたてのお米を入れて、もうひとつのお茶碗をかぶせて器用にふる。ちょっとコツをつかめば、丸いおにぎりができあがる。でもね、その光景を猟銃使いのモルテに見つかって平手打ちされたわ。『おまえたちはただでさえ役に立っていない。だからみんなの数十分の一でもいいからその苦労を知らなければならない』って。猟銃使いのモルテには、私の赤く腫れあがった手が目に入らなかったみたい」

乱暴な猟銃使いだと思った。わたしはいつの間にか、虚構と現実の狭間《はざま》を彷徨う伯母さんの話に引き込まれていた。

「私が泣いているとき、ベンジャントはよく慰めてくれたわ。ある日、斧《おの》で太い木を切ってきて、おにぎりの型を幾つも刳《く》り抜いて、そこに炊きたての米を押し込んで一気につくって見せたの。大発見って感じで、ふたりで抱き合って喜んだわ。……でもね、調子にのって大量生産しているところをリーダーのラビストーオと鳥使いのペラントーオに見つかって、また平手打ちされたわ。『心がこもっていない』、『我々の士気が高まるようなおにぎりを握れ』って。もうあまりに理不尽で泣きたかったけれど、ベンジャントがいつもそばにいてくれたから乗り越えることができた」

「……そのベンジャントが伯母さんの初恋相手なの？」

芹澤さんがぽつりと口を挟んだ。伯母さんはこたえに困ったような表情で目を落とす。

それから、ゆっくりとうなずいた。

「どうして好きになっちゃったんだろう。いまでもよくわからない。ベンジャントって、はじめて長い時間を一緒に過ごした異性だったの。おにぎりを一緒につくっているとき、世間知らずの私にいろいろなことを教えてくれた」

「……そういえば伯母さんの荷物の中にボロボロの本がたくさんあったわ」

　芹澤さんがかたい声で、また口を挟む。

「私が宮沢賢治の本を大好きになったのはベンジャントの影響よ。おかげで遠い地で暮らすようになってからも、目をつぶればいつでも日本に帰ってこられた。ベンジャントはカメラが大好きで写真をよく見せてくれたわ。そこにはホタルの写真がたくさんあった」

「――カメラ？　そんなものを持つことが森の中で許されたんですか？」

　唐突にハルタがいい、ホワイトボードのそばで黙って立っていた朝霧さんが反応する。ちっと舌打ちする音がした。ハルタはなにかに気づいたのだ。伯母さんがかすかに微笑んで受け流す。

「許されないからベンジャントは隠し持っていたのよ。私にだけ、こっそり教えてくれた。私たちふたりは、他愛ないことから昔のこと、将来の悩みまで、さまざまなことを打ち明ける仲になっていたの。……ベンジャントの故郷はずっと北にあって、綺麗《きれい》な水でお米をつくっているからホタルが群生していることも知った。海外の変わったホタルのことも教えてくれたわ。グロウワームといって夜空に擬態する土ボタルよ。自分で調べてみたら、本当はホタルじゃなくてハエの一種みたいだけど、私はその土ボタルが見たくてしようがなかった」

　夜空に擬態……不思議で幻想的な風景を頭の中で思い描いた。

「ベンジャントは私に何度もいってくれたわ。森の仲間が見上げる星の光より、きみはホタルの光を追ったほうがいいって。星の光は手が届かないけど、ホタルの光なら手が届くって」

なんとなくわかる部分があって、わたしは黙って聞き入る。

伯母さんはテーブルの上で、小さな両手を広げて見せてくれた。

「おにぎりを握るのは本当に辛かった。私の手で握るとへんてこな形になるし、熱くて熱くて泣きべそばかりかいていたから、森の仲間たちからいつも責められたの。こんなおにぎりでは士気が高まらないって。だから私が責められないよう、森の仲間たちが食べるおにぎりだけはずっとベンジャントが握ってくれていた」

わたしの中でベンジャントの好感度がアップした。いいひとだなあ。身体ばかりが大きくて臆病かもしれないけど、ひとは見かけによらないよね。

伯母さんはひとつ大きな深呼吸をして話をつづけた。「……握りかたひとつで士気が高まるおにぎりなんて、つくれるものだったら私もつくりたかった。だからなにが違うのか知りたくて、こっそりベンジャントが握ったおにぎりを食べてみたことがあったの。盗み食いをしているところをベンジャントに見つかった。やさしかった彼が急に怒り出して、頰が真っ赤になるくらいに平手打ちされたわ」

とんだ修羅場だ。わたしの中でベンジャントの好感度が一気にダウンする。所詮《しょせん》はリーダーのラビストーオや鳥使いのペラントーオや猟銃使いのモルテの仲間なのだ。

なによそれ、と芹澤さんも呆《あき》れて口を開く。「……あんまりだわ。伯母さんには悪いけど、ベンジャントって器の小さな男ね」

「女にはわかるまい。男には、殴った拳《こぶし》のほうが痛いときもある」朝霧さんがしみじみと割って入った。

「帰れ。おまえ」芹澤さんが指をさして暴言を吐く。

「先輩に向かっておまえとはなんだ。ここは俺の研究所だぞっ。おまえこそ帰れっ」

「ここがあなたの研究所？　笑わせないでよ。いつ決まったの？　何時何分地球が何回まわったときからですか？　三十秒以内にこたえてくださーい」

こっちでは小学生みたいな修羅場がはじまった。みなさん、ふたりの喧嘩《けんか》を一緒にとめませんか？　ハルタと伯母さんは美味《おい》しそうにお茶を啜《すす》って茶柱を見せ合っていた。結局わたしが朝霧さんと芹澤さんの間に入り、ふたりは睨《にら》み合いながらふーふーと鼻息を荒らす羽目になる。

伯母さんは湯飲みをテーブルの上に置き、話を再開しようとした。

「……どこまで話したのかしら」

「ベンジャントが伯母さんを平手打ちしたところです」ハルタが補足する。

「そうね。あのときは痛いという感覚より恐怖心が勝っていたから、涙も声も出なかった。だから記憶も曖昧《あいまい》なの。意識がはっきりしたとき、信じられない光景を目の当たりにしたわ。ベンジャントが泣きながら私の首に両手をかけていたの。殺されるかと思って、私は逃げ出した」

話の顛末《てんまつ》を聞いて息を呑《の》んだ。百年の恋も一瞬で冷める行為だ。

「……はじまりも、終わりも、おにぎりがきっかけだった。それから私はベンジャントの手によって仲間から追放されたことを知った。私はとうとう森の中でひとりになった。私はひとりで森の中を彷徨《さまよ》った。星の光は手が届かない。だけど、ホタルの光なら手が届くと信じて歩いた」

伯母さんは顔を上げて朝霧さんに目をとめた。いつの間にか初恋ソムリエール娘たちも勢揃いして、彼のそばに立っていた。準備が整い、伯母さんの話が終わるのを待っているのだと知った。

「……私は最後に食べたおにぎりの香りも味も忘れられない。リーダーのラビストーオも、鳥使いのペラントーオも、猟銃使いのモルテも、やさしかったベンジャントも、みんな私を置いて姿を消してしまった。私は日本を離れて、こんなおばさんになって帰ってきちゃったけれど、あのときの感情が本物の初恋だったかどうかを知りたいの。一瞬だったかもしれないけど、確かにベンジャントと心が通じ合った瞬間はあったの。……素敵な初恋ソムリエさん。いまの話で、私の初恋をテイスティングできるかしら？」

できるの？　わたしも固唾《かたず》を呑んで見上げる。

朝霧さんが両足を揃えて姿勢を正した。初恋ソムリエール娘たちも背筋を伸ばし、真剣な眼差《まなざ》しで伯母さんを見つめる。そしていっせいに深いおじぎをしていった。

「かしこまりました」

4

リーダーのラビストーオ。

鳥使いのペラントーオ。

猟銃使いのモルテ。

何百と集まる鳥。ひとしきり騒いで、すぐ帰る鳥。

そして、おにぎり係に任命されたベンジャントとポウラステロ。

ポウラステロの初恋は本物だったのか？

その真贋《しんがん》がいま、明らかにされようとしている……

朝霧さんは優雅な手つきで水の入ったコップをテーブルの上に置く。つづいて初恋ソムリエール娘たちが部室に運んできたのは飯盒《はんごう》だった。そら豆のようなゆがんだ扁平な形をしている。懐かしい形だ。飯盒の中身を寿司桶《おけ》に空けると、むわっと炊きたてのご飯の匂いが周囲に立ち込める。彼女たちはしゃもじを使って白いご飯をせっせとかき分け、家庭科の課外授業がいきなりはじまった雰囲気になる。

「なにこれ？　まさか伯母さんの話に出てきたおにぎりをここで再現するの？」芹澤さんが目を丸くする。「馬鹿馬鹿しい」

「そんなことをいわないで。今回は匂いだけじゃなくて、食べられるようにまでしてくれたの。おにぎりを食べるのは四十年ぶりなのよ」

芹澤さんと伯母さんのやり取りをよそに、初恋ソムリエール娘たちが炊き立てご飯と格闘している。ビニール手袋をはめて、「熱っ」といいながら、握ったご飯をバケツリレーのように隣の娘に渡していた。

「そんなところまで再現しなくていいのに……」と伯母さんがいっても、

「そういうわけにはいきません。おい、おまえら、気合を入れて頑張れよ」と朝霧さんが血も涙もない台詞《せりふ》を吐く。

なんだか彼女たちが健気《けなげ》に思えた。不慣れなせいか、できあがっていくおにぎりの形がいびつだ。わたしはそれを見ながらうずうずする。手伝いたい。

ハルタがテーブルに両手をついて興味深く首を伸ばした。「具も海苔《のり》もない塩むすびなの？　ついさっきまでチカちゃんのお弁当のおにぎりを見てきたから、えらい違いだ」

「だよね……」

わたしも首を伸ばすと、伯母さんも身を乗り出し、

「懐かしいわ。当時はほとんど塩むすびだったのよ。常につくり置きをしておくの」

できあがったおにぎりに、初恋ソムリエール娘のひとりが塩を軽くふっている。

「普通は塩水で握るんじゃないの？」ハルタが首を傾げた。

「具も海苔もなかったけど、塩だけはふんだんにあったのよ。味が濃い方が冷めても美味しいから、仕上げにもふりかけていたの」と伯母さん。

「できる限り、芹澤響子さまの記憶にあるおにぎりを再現したつもりですよ。米も、水も」

朝霧さんの声に、わたしは「え？」と見上げる。

「当時使っていた米はベンジャントの実家から送られてきたものです。ベンジャントの生まれ故郷と実家の住所は、すでに芹澤響子さまが朝霧興信所に調査を依頼して終了しています。無論、厳密にいえば四十年前とまったく同じ品質、銘柄のものは用意できませんが、情報から可能な限り似た品質のものを産地から取り寄せています。新米ではなく古米を使っていた可能性もありますので、新米と古米をそれぞれ用意させていただきました。古米の場合は香りが格段に落ちますから」

淀《よど》みのない説明に、いますぐ高校をやめて家業を継げといいたくなった。

「ガスで炊いたの？」伯母さんが訊《き》く。

「カセットコンロを使って炊きました。学校には内緒ですよ」

「本格的ね」伯母さんの声に期待が膨らむ。

わたしは水の入ったコップをじろじろ眺めた。普通の水っぽい。「……これも当時の水なの？」

「飲んでみるか？」朝霧さんがいった。

「——いいの？」わたしは顔を上げる。

「どうぞ。水道水のいまと昔の味を比べてみるといい」

わたしはハルタに「はい」とコップを押しつけた。

「うそ？　いまの流れで、どうしてぼくが飲むの？」

「ほら、ほら、早く一口飲んでみて」

ハルタは恐る恐る口に含み、ごくんと喉《のど》を鳴らしてから、コップをテーブルの上に戻した。「いまの水よりまずい……気がする」

どういうことなのよ？　とわたしは朝霧さんに訝《いぶか》しげな目を向ける。

「リーダーのラビストーオや鳥使いのペラントーオ、猟銃使いのモルテやベンジャントが一緒にいた地域の水道局から、当時の水質基準とカルキの使用状況を調べることができるんだ」

「カルキってなに？」カルビと勘違いしそうになる。

「殺菌をするための塩素だ。地域の水質によって量が変わるし、冬場に比べて、気温が高くて菌類が繁殖しやすい夏場のほうが多く投入される。今回は水道水にすこしカルキを混ぜてまずくしたんだ。残留塩素の測定薬は市販されている」

「――ちょっと」横合いから鋭く口を挟んだのは芹澤さんだった。「米といい水といい、さっきから高校生ができる範囲を超えているんじゃないの？」

「いまさら気づいたの？　もうとっくに超えているんだよ」

わたしと芹澤さんの目が驚いてハルタに向く。彼は椅子の背にもたれてつづけた。

「朝霧さんも伯母さんも、そろそろふたりに明かしたらいかがですか？　どう考えたって今回のおにぎりの再現は、一介の高校生の力でできるものじゃない。さっきの朝霧さんの説明だって、報告書をなぞったような喋《しゃべ》り方に聞こえましたし」

朝霧さんと伯母さんの間で、またなにかの目配せが送られた。顔を伏せた伯母さんは、いいにくそうに口を開く。

「……直子。私は朝霧さんにお金を払っているのよ」

瞬きを重ねた芹澤さんは一瞬呆《ほう》けたあと、表情を強張《こわば》らせた。凄《すご》みのある顔を朝霧さんのほうに向ける。

「高校生のくせに、なに考えているのよ？」

「待て、待て。誤解するな。正確には朝霧興信所への再依頼だ。しかも俺の説明を聞いていればわかると思うが、初恋鑑定はあくまで実験段階だから、かなりのお値打ち価格にしてある」

芹澤さんは真偽を問う表情で、伯母さんに視線を移す。

「……朝霧さんからもらったあの葉書がきっかけなの。どうしても朝霧さんに、当時のおにぎりを再現してもらいたかったの」

「そうだ。すべては当時の初恋の再現のためだ」

「お願い、直子。わかってちょうだい」

芹澤さんは無言のまま、長い間ふたりを見つめていた。それから下を向いて口ごもる。

わたしにはすこし彼女の気持ちが理解できた。親しいと思っていた伯母さんが、自分にはなにも相談してくれなかった。そのことに寂しさを覚えている。

そうまでして再現したい初恋って……

朝霧さんがパチンと指を鳴らした。初恋ソムリエール娘たちの手で、伯母さんの前に塩むすびがのった皿が恭しく置かれる。

伯母さんは鼻を近づけて、ゆっくりと、何度も確かめるように匂いを嗅《か》いだ。

「……正直、朝霧さんの話は胡散臭《うさんくさ》い部分もあったけれど、目的に対する手段はすごいわね。四十年ぶりのおにぎりだけど、形までなんだかそっくりだわ。なにより匂いの効果って絶大ね。思い出したくないことまで思い出してきそう」

「それはよかったです」

わたしもハルタも鼻を近づけてみる。なんの変哲もない塩むすびの気がした。美味《おい》しそうにも思えない。

「――匂いだけじゃなくて、実際に食べてもいいのよね？」

「もちろんいいですよ。嗅覚《きゆうかく》と味覚は密接につながっています。炊き立てを握らされていた割には、食べるときはいつも冷めているとのことでしたので、別に用意しています」

初恋ソムリエール娘のひとりがラップに包まれた皿を持ってきた。形がいびつな、冷えた塩むすびが並んでいる。

「……森の仲間たちは伯母さんにこんなものを食べさせていたの？」

芹澤さんが低い声でつぶやき捨てた。

「そんなことをいわないの。親の援助が得られなくて、親戚《しんせき》から学費を借りていた私は生活費に困っていたのよ。残りものでも食べさせてもらえるだけありがたかったわ」

伯母さんが冷えた塩むすびを大切そうに両手で持ち、かじるように食べた。わたしたちも分けてもらう。口の中で何度咀嚼《そしやく》しても、塩辛いだけの気がした。

「しょっぱいだけでまずいよ、こんなの。伯母さんがかわいそう」

ひと口だけ食べた芹澤さんが、冷えた塩むすびをそっと皿に戻す。わたしも戻すかどうか迷い、伯母さんのほうをちらっとうかがう。

伯母さんが無言でいることに気づいた。両手で塩むすびを持ったまま、身じろぎひとつしなくなっている。彼女のまわりだけ時間がとまったようにかたまっていた。

「ねえ。どうしたの？」心配した芹澤さんが伯母さんの肩に手をふれる。

「…………」伯母さんが喉の奥でなにかを喋った。

「え？」

「……あのときのおにぎりと違う」

伯母さんは塩むすびをテーブルの上に落とすと、耐えられなくなったしぐさで椅子から立ち上がった。「味が違う……。そうか、そういうことか。ありがとう。初恋ソムリエさん」ひとり激しい嗚咽《おえつ》に襲われ、しきりに息継ぎしながら、初恋研究会の部室から駆け出ていってしまった。

「――伯母さんっ」

芹澤さんは朝霧さんを睨みつけてから、慌てて伯母さんのあとを追う。

なんなの？　突然のことに呆気《あっけ》にとられたわたしは首をまわした。初恋ソムリエール娘たちも驚いた様子で、トーテムポールみたいに廊下に顔を出している。朝霧さんだけが冷静な面持ちで、伯母さんが落とした塩むすびを拾い上げていた。

ハルタは冷えた塩むすびを、残さずむしゃむしゃと平らげてからいった。

「伯母さんが食べたのはたったひと口だけですよ。そのたったひと口で『違う』といい切ったんです。他にも塩むすびがたくさんあるのに、それにはまったく手をつけないで結論を出した」

朝霧さんの目が動き、ハルタは親指を舐《な》めてつづける。

「……朝霧さんが一度も説明をしなかった要素が重要になるんですね」

「そういうことになるな。そもそもそれは芹澤の伯母から信用を得るために、俺が先に指摘したことだ」

一度も説明をしなかった要素……。なんだろう。冷えた塩むすびを見て、わたしは考えた。米、水、炊き方、握り方——ん？　待てよ。大事なことを忘れていないか？

それって……もしかして……

「塩だっ」わたしも飛び上がるように椅子から立ち上がり、朝霧さんを見る。

「正解。悪いが朝霧興信所が芹澤の伯母から正式な依頼を受けている以上、あまり喋ることはできないんだ。ひとつだけヒントをやろう。一九九七年までつづいた塩の秘密を調べるといい。両親に聞けばわかる」

ちょっと待って。わたし、いま両親が家にいないんですけど……

「チカちゃん、ここまでだ。ぼくたちは部外者だよ」ハルタも椅子から立ち上がった。部室にある時計は午後三時四十分をまわっている。すでに十分の遅刻だった。

「物わかりがいいね、上条くんは」朝霧さんがテーブルを片付けながら口を開く。

「お騒がせしました。練習があるので失礼します」

そういって、ぺこりと頭を下げて帰ろうとするハルタの制服を、わたしはぎゅっとつかんで引き戻す。

「芹澤さんと伯母さんのあんな姿を見て、黙って帰るつもりなの？　あんた薄情者？」

ハルタが顔をしかめて小声で返してきた。「今回ばかりは、首を突っ込まないほうがいい問題の気がする。伯母さんの昔話といい、なにかすごく嫌な予感がするんだ」

「なんでよ？」

「チカちゃん。頼むから真面目に練習しようよ」

「わたしはいつだって全力を出しているわよ」

「来年の普門館を甘く見てない？」

「見てないわよ。わたしだって真剣に考えてるんだからっ」

「……ふうん。普門館を目指すのか、きみたちは」

わたしとハルタは同時にふり向く。朝霧さんが興味深そうに顎《あご》を撫《な》でていた。

「朝霧さんは、普門館を知っているんですか？」わたしは訊《き》いてみる。

「吹奏楽の甲子園だろ？　野球部の世界より出場は難しくて、東海五県ではここ数年、藤が咲高と、愛知の城南橘という女子校が常連のはずだ」

「詳しいですね」ハルタがいった。

「この学校で日野原が一目置くのは俺くらいだぞ。なるほどな……。芹澤を秘密兵器にするつもりか。いいのか？　彼女で。彼女は難聴だろ？」

わたしとハルタは目を見開く。

「小さいが耳の中に補聴器があったからな。たぶん俺や伯母の話の二、三割は聞けていなかったんじゃないのか？　相槌《あいづち》がずれているときが何度かあった。きみたちがいる手前、聞き返すのは躊躇《ためら》ったようだが」

気づかなかった。わたしは口をかたくつぐみ、再びハルタの制服をつかんで引き寄せる。芹澤さんと伯母さんをあのまま放っておくの？　やだよ、そんなの。無言で訴えた。ハルタが迷う顔をしている。

朝霧さんが吐息をついた。「……ま、いろいろ大変な時期なんだな。じゃあ、こうしようか。芹澤と会うことがあって、もし彼女が俺にクレームをつけたいようであれば、この部室か興信所にくるよう伝えてくれないか。身内の彼女になら、伯母が出て行った理由くらいは話してもいい」

「それは納得できるものですか？」ハルタが訊く。

「きみたちよりは彼女にきちんと説明できる。だから早く練習に戻れ。片桐に恨まれるのはもう懲り懲りだからな」

わたしとハルタは朝霧さんにお礼を何度もいって、初恋研究会の部室をあとにした。たぶん芹澤さんが困れば、朝霧さんに直接連絡を取るか、練習中でもわたしたちに会いにきてくれるだろう。

……という考えが甘かったことを、その日の夜に思い知った。

5

玄関のチャイムが聞こえて、ひとりで留守番をしていたわたしは音楽のボリュームを下げてヘッドホンを外す。時計を見た。時刻は夜の十一時半だ。こんな深夜の訪問者は想像つかない。チャイムはしつこく鳴りつづけていた。とまらなかった。だれかが玄関のインターホンのボタンを連打している。自分の部屋から出て階段を静かに下りた。コードレス電話を片手に、いつでも一一〇番を押せるようにしてから、恐る恐る玄関のドアスコープをのぞいて見る。

芹澤さんの顔がアップで映って、のけぞりそうになった。

慌てて玄関を開けると、外出の身支度をした芹澤さんが立っていた。ボストンバッグを抱える姿は家出少女を連想させた。彼女の背後にもうふたりいる。

ハルタと朝霧さんだった。ハルタに関しては制服姿でホルンケースを肩に担いでいる。ふて腐れた顔をしたふたりは、罪人みたいに腰紐《こしひも》でつながっていた。その紐の先端を、芹澤さんがかたく握りしめている。紐は引っ越しで使うようなナイロン製のロープで、ここまで強制的に連れてこられたことがひと目でわかる光景だった。

パジャマ姿だったわたしは思わず玄関の陰に身を隠し、顔だけのぞかせる。

「……どうしたの？」

「岩手って、穂村さんのお父さんの単身赴任先に近いって聞いたわ」

芹澤さんがぶっきらぼうな口調でいう。おそらく情報源はハルタだ。わたしは警戒した。

「お父さんなら仙台よ。盛岡なら、遊びに行ったついでに一泊旅行をしたことあるけど」

「本当？　よかった。……私たち、明日の始発で岩手の花巻に行くことが決まったの。盛岡からそんなに離れていないでしょ？」

私たち？　決まった？　わたしはハルタと朝霧さんを交互に見る。

「ハルタも行くの？　明日の練習はどうするの？　静岡駅からだと四時間以上かかるわよ？　片道二万円近くするよ？　そんなお金あるの？」

芹澤さんがボストンバッグのファスナーを開いて封筒を出した。わたしはその封筒を受け取る。中に一万円札が四枚入っていた。

「これは？」わたしは目を瞬かせて訊いた。

「穂村さんの旅費」

わたしは眉間《みけん》を揉《も》んでまぶたを閉じる。しばらく状況を整理しようと試みたが、なにがなんだかわからない。とりあえずつま先を立てて、芹澤さんの向こうにいる朝霧さんにたずねてみた。「なにかの冗談ですよね？」

「俺も冗談と思いたいんだが」と朝霧さんが腰紐に手をあてていう。

芹澤さんがたちの悪い訪問販売みたいに玄関の隙間に足をねじ入れてきた。「今晩はここに泊まって、明日の早朝タクシーで駅に向かうわ。日帰りよ」

「またまた」わたしはへらへら笑う。

芹澤さんは首をゆっくり横にふると、パジャマの袖《そで》をつかんできた。

「お願い。上条くんと穂村さんしかいないの」

「俺はどうなるんだっ」朝霧さんの声が夜の闇に響く。

わたしは芹澤さんの手をやさしく下ろしてたずねた。「……ごめん。話を整理させて。いったいなにがあったの？」

「伯母さん、明日の岩手の花巻駅までのチケットを買っていたの」

「うん……」

「ベンジャントが花巻にいるのよ」

理解するまで数秒ほど要した。「へえ……」森の仲間たちのひとり。伯母さんの初恋のひと。伯母さんを殴って仲間から追放したひと。おにぎり係の奇妙な名前。

「伯母さん、ベンジャントに会ったらなにをしでかすかわからない」

わたしが瞬きをくり返すと、芹澤さんはすがる表情でつづけた。

「だから先まわりして、みんなでとめないと」

そこがおかしい。

「待て待て待て待て待て待て待て待て」動揺したわたしは、わたし以上に動揺して涙ぐむ芹澤さんを必死になだめた。頑張れ、わたし。ここは踏ん張りどころだぞ。「い、いきなりそんなことをいわれてもわからない。物騒なこといわないで」

「チカちゃん。塩だよ」ハルタのつぶやき声が届いた。

「塩……」

「あれからなにか調べた？」

「……ちょっと待って」

わたしは身体を翻し、急いで階段を上がって自分の部屋で着替える。それから慌てて階段を下りてキッチンに向かう。棚から塩の袋を取って玄関に戻った。

「隣のおばさんに聞いたの。これのこと？」

息切れしながら、みんなに見せる。食塩と印刷された袋で、スーパーで一番安く売られているものだ。

「そう、それ」ハルタがいった。

「普通の塩だけど」わたしは塩の袋を上下にふる。

「一九九七年まで、それ一種類しかなかったことは？」

わたしは塩の袋をふる手をとめてぽかんとする。朝霧さんがハルタのあとを継いだ。

「一九九七年に専売制が廃止されるまで、塩は日本専売公社によって独占されていたんだ。だから当時、市場に流通して一般的に使われてきた食塩はほぼ一種類と断定していい。今回のおにぎりの再現では、この塩を使った」

同じことを何度も説明して疲れたような口ぶりだった。伯母さんがいっていた『興味深いこと』の正体を知った気がした。

「待って。水道水みたいに味の変化はないの？」

「ミネラルや雑味といったものを排除した製法でつくられた塩だから、時代が変わっても味に変化はないと考えていい。しょっぱいというより辛かっただろ？」

いったいどういうこと？

……あのときのおにぎりと違う。

味が違う……。

どうして伯母さんはあんなことをいったの？　当時の塩は一種類。でも伯母さんは違うといった。じゃあ伯母さんたちが食べていた塩は？　塩じゃない塩？

「……芹澤さんの伯母さんは、いったいなにを食べさせられていたの？」

「そう、チカちゃん。問題はそこに行き着く」

そういってハルタは芹澤さんの顔をうかがう。

「変な薬かもしれないし、わけのわからないものを食べさせられていたのよ。普通じゃないなにかを。でなきゃ、伯母さんはあんな怖い顔をして思いつめたりしない」

芹澤さんが叫ぶようにいい、わたしは朝霧さんに目を向ける。彼は腕組みしたまま肩をすくめてみせた。肝心のあなたがそれでどうするの？　わたしは混乱した。

深い森を彷徨《さまよ》っていた仲間たち……。リーダーのラビストーオ、鳥使いのペラントーオ、猟銃使いのモルテ、そしてベンジャント……。呼べば何百と集まる鳥たち。ひとしきり騒いだ後、すぐに帰ってしまう鳥……。そして塩じゃない塩……

一瞬、怖い想像をしてしまった。

どこまで真実でどこまで虚構なのか本当にわからなくなってきた。そして、伯母さんの不思議な寓話《ぐうわ》に動かされている芹澤さんも……

よく見ると、芹澤さんのまぶたに赤みがさしていた。

「私は伯母さんを騙《だま》しつづけた男が許せない。ベンジャントだかなんだかわからないけど、そんなふざけた男に伯母さんをひとりでなんか会わせられない。岩手の花巻に先まわりするわ。だからお願い。ひとりじゃ怖いの。一緒にきて」

怖いのは芹澤さんも同じなのだ。でも、まだわたしの決心がつかない。

「伯母さんがいなくなるのは嫌。もうひとりは嫌」

芹澤さんの本心を知ることができた。しかし日帰りで岩手……。目が眩《くら》みそうだった。

息を深く吸って自分を落ち着かせようとしたわたしの耳に、朝霧さんの声が届く。

「行きたいといっているんだから、行かせればいい。経費はどうせ芹澤持ちだ」

「朝霧さんはいいの？」

「俺か？　もう腹を括《くく》ったよ。こうなったら自分の研究成果を見届ける」

「……じゃあ、わたしとハルタは？」

「友だちだろ？　困っているときに加勢するんじゃなかったのか？」

洟《はな》をすする音がした。芹澤さんがわたしの服をつかんで離そうとしない。わたしは顔を上げてハルタを見る。

「……乗りかかった船だよ。花巻に行けばすべての謎がはっきりする」

ハルタが「お邪魔します」と玄関に入って靴を脱ぐ。腰紐《こしひも》につられて、芹澤さんと朝霧さんが引っ張られた。

わたしは目をごしごしと擦る。土手のように、長く連なった白い雲の帯を見上げる。澄み切った岩手の空が目に痛い。

新幹線をふたつ乗り継いで、さらにローカル線に乗り換えて花巻駅に到着したのは午前十一時過ぎだった。片道五時間弱。さすがに腰痛を覚えたが、お昼前にこうして駅に立ってみると、「案外日本って狭いのでは？」という錯覚に陥ってしまう。

なんにせよ今日の吹奏楽部の練習は絶望的だ。でも悪あがきとして、わたしもハルタに倣い、制服姿でフルートのケースを持参していた。

「この駅の愛称がチェールアルコって……いったい何語なのこれ？」わたしは構内に貼ってある掲示板を見ていった。花巻地方の詳細について書いてある。

「虹《にじ》という意味でエスペラント語らしい」書かれている説明文をただ棒読みする朝霧さん。

「たしかエスペラントって、国家をもたない言語のことだよね？　宮沢賢治が傾倒していたらしいよ。それにちなんで路線の各駅に愛称がつけられているみたいだ」ハルタが盛岡駅で買った一番安いガイドブックをめくりながらいう。

わたしもガイドブックをのぞいた。ハルタのいう通り、エスペラント語は世界各国の共通言語としてつくられた言葉らしい。宮沢賢治は物語の中で、故郷の地名をエスペラント風に描いている。イーハトーヴォは岩手、モリーオは盛岡。仙台はセンダード。日本発祥の単語もあるみたいで、漫画はマンガーオ、折り紙はオリガミーオという。

「もしかして……俺はアサギリーオ？」朝霧さんがつぶやいた。

「だとしたら……ぼくはハルターオ？」ハルタが返す。

「チカーオ……って、『オ』さえつければエスペラント語！」

あははと三人で笑い、ハイタッチをした。

取り残されたように芹澤さんがわたしたちを眺めている。

「どうしたの、セリザワーオ？　ノリが悪いよ」わたしは彼女の肩に腕をまわした。

「やめてよ、そのいい方」セリザワーオは身体を動かしてわたしの腕を払い、携帯電話で伯母さんと連絡を取ろうとする。

アサギリーオが彼女の携帯電話を取り上げた。ディスプレイを開けて発信履歴のボタンを押す。何十件もつづけて「響子伯母さん」という発信履歴が残されていた。最新は五分前で、いままでずっと連絡を試みて、ことごとくつながらなかったことがわかる。セリザワーオは唇を引き結んでうつむいた。

正午前の駅構内は、詰襟の制服を着た中高生や、汗を拭《ぬぐ》って歩くスーツ姿の社会人、高齢の観光客がちらほらいる。

「駅の中で待つの？　それとも外のロータリーで待つ？」

わたしは手をかざしていった。駅前広場でにょきにょき生えているモニュメントが気になってしようがない。気分は観光だ。

「ハルターオはどうした？」アサギリーオが首をまわす。

「あそこに」

わたしが指さす方向に、売店のお姉さんと談笑するハルターオの姿があった。それを見てセリザワーオが喉《のど》の奥で呻《うめ》く。

ハルターオが手招きするので、みんなで走り寄った。

「駅前の本屋でエスペラント語の辞書が売っているんだって。買っていこうよ」

セリザワーオがハルターオの首を絞めている間、わたしとアサギリーオは売店のお姉さんが持っているエスペラント語の辞書を見せてもらった。コンパクトだが、英和辞典並みの内容の濃さに驚いた。アルファベット順に六千語以上も記載されている。本格的な言語だと知った。

「……宮沢賢治の小説が好きなひとでも、彼がつける単語がエスペラント語に影響を受けているなんて、知ってるひとはほとんどいないのよ」

そう説明してくれた売店のお姉さんは、地元の専門学生のアルバイトだった。

「受験勉強に役立ちそうもないな」アサギリーオが夢のないことをいうと、

「あら。世界中のエスペランチストの美女と仲良くなれるわよ」

「買おうか。ついでに軽く腹ごしらえでもしていこう」

アサギリーオがロータリーに向かい、三人で慌てて後を追った。

花巻駅の正面ロータリーで伯母さんの到着を待つことにした。駅を出て右手が市街地方向で、路線バスの始発バス停が順番に並んでいる。日差しが強く、ハンドタオルで額の汗を拭《ふ》き、ペットボトルの水を何度も口に含みながら待った。

芹澤さんの頼みで、わたしとハルタはロータリーの一角でチャイコフスキーの「交響曲

第六番　悲愴《ひそう》　第一楽章」の練習をはじめることにした。フルートとホルンの二重奏だ。ふたりとも制服を着て、ひと目で吹奏楽部の部員とわかる姿だったので、伯母さんのほうから気づいてくれるかもしれない。一度やってきた警邏《けいら》のお巡りさんは大目に見てくれた。芹澤さんは改札のそばで時刻表とにらめっこしながら携帯電話をかけている。朝霧さんはすこし離れた場所で見張っていた。

何人かの通行人がわたしとハルタの前で足をとめた。芹澤さんも次の到着の電車を待つ間、わたしたちの演奏を聴きにきてくれる。わたしはフルートを吹きながら自分のミスが減っていることに気づいた。ハルタとふたりの合奏だとミスが減る？……違う気がした。じゃあどうして？　まわりを見まわした。すくないけれど見知らぬ聴衆がわたしたちの演奏を聴いてくれている。彼らを意識して、わたしは演奏している。視線や耳の使い方を、いままでの演奏であまり意識していなかったことを知った。わたしの欠点は指だけで演奏してきたことだ。それを気づかせてくれた芹澤さんを思わず見る。彼女は微笑した。

最初にフルートをケースから出したときは緊張したけれど、青空と白い雲の下で吹く演奏が次第に気持ちよくなってくる。わたしのフルートの旋律に合わせて、ハルタのホルンもだんだんのってきた。

練習をはじめて一時間ほど経ったときだった。まばらにいる聴衆の中で、見覚えのある顔がこっちを眺めていることに気づいた。

「——伯母さんっ」

すかさず芹澤さんが声をあげ、伯母さんのもとに駆け寄って腕をつかむ。

「合奏の音が駅の構内までかすかに聞こえてきたの。……どうしてここに？」伯母さんは芹澤さんから目を離して、演奏をやめたわたしたちのほうに視線を注いだ。「あなたのお友だちも、朝霧さんまで……」

芹澤さんが伯母さんの両腕を取り、自分の正面に向かせる。

「伯母さん、こんなところまでなにをしにきたの？」

きつめの口調に対し、伯母さんは無言で芹澤さんを見つめた。しばらく考える間を置いたあと、ぽつりといった。

「……ベンジャントに会いにきたのよ」

「一緒に帰ろう。そんな名前を隠した男と会ったって、いいことなんかなにもない。ちゃんと現実を見て。いまを見て」

芹澤さんは小さな声で訴えた。花巻まできて伯母さんに直接いいたかったことはそれだと知った。伯母さんは顔を彼女に向けたまま、朝霧さんにたずねる。

「……朝霧さん。直子にはなにもいっていないの？」

「いいましたよ。今回の初恋鑑定の結果に関しては。彼女がどう解釈したのかは別ですが」

「……私が朝霧興信所に依頼した正式な内容は？」

「それは喋《しゃべ》っていません」

「どうして？」

「依頼人の依頼内容とプライバシーは厳守ですから」

「朝霧さんはまだ高校生で、所員ではないでしょう？」

「まだ高校生で十代の芹澤直子さんが、自分の目と耳と足で知ったほうがいいこともあります」

伯母さんが軽く笑みをこぼして、「あなた本当に、背中にファスナーがついてない？」

「中に渋いおじさんは入っていませんよ」

わたしとハルタは急いで楽器をケースの中にしまう。静かに歩み寄ってくる気配があった。顔を上げると、伯母さんがそこに立っていた。

「……かわいそうに。直子に道連れにされたのね、あなたたち」

「いちおう、ベンジャントの魔の手から、伯母さんを守ることになっています」ハルタがケースのバックルをしめていい、「いちおう、わたしも戦力に交ざっています」とわたしもケースのファスナーを閉じていった。

伯母さんの表情が和らいだ。「……ベンジャントは強敵よ。あなたたちにはきっと敵わない」

「こっちは四人がかりです」ハルタとわたしは挑戦的に声を揃えた。

「それでも無理」

ハルタが真顔になって伯母さんを見つめる。しばらく沈黙したあと、

「……やっぱり、もうベンジャントとは会えないんですね？」

「ええ。この世にいない」

わたしも芹澤さんも驚く目を向けた。うつむいた伯母さんの唇が薄く開く。

「森の仲間の中で、私だけが今日まで生き残ってしまったの……」

現実と虚構の区別がつかなかった深い森の正体が、じょじょに明らかになる予感がした。

花を買って大切そうに胸に抱える伯母さんはタクシーを二台呼んだ。わたしたちは分乗して、花巻市の郊外にある公営霊園に向かった。次第に窓の外の風景が変わっていく。建物は点在し、広い空に無数の雲、そして鮮やかな緑に包まれた水田で埋め尽くされるようになった。わたしたちの地元と違って、しんと澄んだ空気があって、水と太陽の光だけで稲が育っているような清冽な雰囲気を感じる。

標準語を喋る運転手がルームミラーをのぞきながら話しかけてくれた。

「……ホタルを見ることができたのは、もう何十年も前の話だったみたいですよ。このへんは谷地《やち》と呼ばれて、谷状になっている湿地地帯でして、洪水による被害がすくなかった

から農業に向いていたんです」

確かにいたるところに水田が広がっている。運転手の話では日本有数の米所らしい。ひとめぼれっていう銘柄の米は、いまどきっぽい名前にそぐわず歴史が長いことも知った。

二台のタクシーは、砂利で敷き詰められた駐車場に停車した。

伯母さんはタクシーを待たせて、草が所々からはみ出した狭い石階段を上りはじめた。わたしたちも後につづいた。

石階段を上がった先に、たくさんの小さな墓石が並んでいた。伯母さんがひとつずつ墓石の名前を確認していく。やがて汚れて荒れたお墓の前で足をとめた。もう何年もひとがおとずれていない、そんな感じがするお墓だった。伯母さんは持ってきたバッグを地面に置いて、素手で雑草を引きちぎる。わたしたちも手伝った。伯母さんのバッグには束子《たわし》と歯ブラシと雑巾《ぞうきん》、そしてビニールのゴミ袋が入っていた。

朝霧さんが入口のそばにあった手桶《ておけ》に水を汲《く》んできたので、伯母さんと一緒に束子でお墓を磨きはじめた。伯母さんは自分の高そうな万年筆を使って、墓石の文字にこびりついた苔《こけ》まで取ろうとしている。

「……ベンジャントのお墓なの？」

芹澤さんがようやく口にして出すと、伯母さんは寂しげに顔を伏せた。

「そうよ。日本に帰ってきて再会したかった。だけどベンジャントは癌を患って亡くなっていたことを知ったの」

　伯母さんは汗を落としながら淡々と語りはじめる。

「……最初は普通の初恋調査だった。ベンジャントのいまが知りたくて、朝霧興信所に依頼したの。ベンジャントは癌で三十年前に亡くなっていたことを知った。私と同じように独身を貫いて生涯を終えたそうよ。調査があまりにもあっけなく済んだから、私はなぜか、リーダーのラビストーオや鳥使いのペラントーオや猟銃使いのモルテのいまも知りたくなった。なぜそんな気持ちになったかわからない。彼らの本名も出身大学もわかっていたから、時間はあまりかからないと思っていた」

　雑巾で墓石を丹念に拭《ふ》くハルタが、ぽつりと言葉を継ぐ。

「つまり伯母さんが朝霧興信所に依頼した正式な調査とは、森の仲間たち全員の消息を知ることだったんですね？」

「……そう。知らなければよかったことを私は調べてしまった。パンドラの箱を開けたようなものよ。リーダーのラビストーオ、鳥使いのペラントーオ、猟銃使いのモルテたち全員は、二十年から三十年前にベ、ン、ジ、ャ、ン、ト、と、同、じ、癌、で、亡、く、な、っ、て、い、た、の」

　全員が同じ癌で死んだ？　どういうこと？　わたしは頬の汗を拭《ぬぐ》って聞き入った。

「森の仲間たち全員がベンジャントと同じ癌で亡くなる確率っていったいどれくらいかしら？　その確率がかなり低いことだけは私にだってわかる。森の仲間たちになにが起きたの？　なぜ彼らはこんな理不尽な運命を辿《たど》らなければならなかったの？　私はそれを知りたかった。森の仲間たちの遺族に連絡を取ってみてもわからないのよ。事実として、癌で生涯を終えたとしかわからなかった……。森の仲間たちの運命が必然だとしたら、いったいなにが原因なのかって、私は逆算して考えたの」

「それが塩むすびだ」朝霧さんが雑巾をかたく絞りながらいう。

「……そう。私には塩むすびしか思いつかない。おにぎり係の私には、それしか思い浮かばなかった。役に立たなくて使いっ走りの私は、火傷するようなおにぎりしか握らせてもらえなかったから」

「癌の原因がおにぎりにあると考えたんですか？」ハルタが顔を上げていった。

「もしそうだとしたら、私もずっと食べていたことになるわね。そして、彼らと同じ癌で死ぬ。私は恐ろしくて夜も眠れなくなった。途方に暮れていたとき、朝霧さんから例の葉書が届いたの。初恋研究所の初恋ソムリエが、当時の初恋の状況を克明に再現してくれるって内容の葉書……。傍から見れば馬鹿げた提案だったのかもしれないけど、私にとっては藁《わら》にもすがる思いだった。朝霧さんは当時の塩むすびを、一種類しかない食塩を例にあげて再現するといってくれた。……私は自分が食べた塩むすびの味を覚えている」

花さしを洗う手をとめたわたしは、ようやく伯母さんの一連の行動を理解することができた。伯母さんは朝霧さんの手で再現された当時の塩むすびと、記憶の中の塩むすびの味を比べようとしたのだ。

「発端は初恋調査だったの。でも、私が知りたいことは途中から大きく形を変えた」

伯母さんの目が遠くを――未来を見すえる眼差《まなざ》しになって、言葉はつづいた。

「私が直子と一緒に、あとどれくらい生きられるか。それを切実に知りたかった」

ショックを受けた芹澤さんが地面に座り込んだ。声が喉《のど》の奥から震えていた。

「……伯母さん。あのとき、味が違うっていったのはどういうことなの？」

わたしも食い入る目で見つめる。再現された当時の塩むすびと、味が違う。その違いがなにを意味するのか。伯母さんは毒入りの塩むすびを食べさせられていたことになる。だったらもう……

一方でハルタと朝霧さんは、平然と伯母さんを眺めていた。ハルタがたずねる。

「伯母さんは、最初から塩が怪しいと思ったんですか？」

「何百という鳥たちに被害を出さずに、森の仲間たちだけにダメージを与えるとしたら、塩で分けるしかないわね」伯母さんは落ち着いた声で淡々と返した。

「塩味の毒……。塩の味に限りなく近い毒なんて、ぼくにはさっぱりわからないです」

「私は調べたわ。この世には、大量に手に入れても怪しまれない塩味の毒があるのよ」

「……それは？」

「工業塩。亜硝酸塩が混じったものだと、ほんの微量でも胃の中で蓄積されて、強力な発癌性物質に変わるの。一九六九年なら、町工場に行けばいくらでも入手できた」

「……伯母さんは、その工業塩入りの塩むすびを食べていたんですか？」

「私だけ別の塩むすびを食べていたのよ。それが朝霧さんの実験でわかった」

それを聞いて、芹澤さんの目が安堵《あんど》で揺れた。

「……じゃあ伯母さんが覚えていた味は、どの塩むすびですか？」

「私がひと口だけ食べて、ベンジャントに平手打ちされたときの塩むすびよ。ベンジャントが森の仲間たちのために握っていた塩むすび……」

身体中の息を吐き尽くすほどのため息がした。朝霧さんだった。

「やっぱり例のあれか。士気が高まるという塩むすびだな。……皮肉なことに、士気は『死ぬとき』を意味する『死期』という言葉に置き換えることができるぞ」

うん、とハルタが沈んだ声でつづける。

「つまり森の仲間たちを死に追いやったのは、ベンジャントだ」

一九六九年の東京の若者たちの間でいったいなにがあったのだろう。訊《き》こうにも、それを訊くのをはばかられる雰囲気が伯母さんのかたい表情にあった。芹澤さんには決して話したくない過去、わたしたちの世代に隠し通したい出来事ってあるの？

「ベンジャントはなぜ森の仲間たちと自滅の道を選んだんだ」朝霧さんが口を開く。

「……それは、いまとなってはベンジャントにしかわからないわ」伯母さんが弱々しくこたえて肩を落とす。

「当時のことはよく知らないけど、伯母さんの話を聞く限り、森の仲間たちの運動の特徴が幾つか浮かんできますが」ハルタが控えめな声でいった。

「え」と伯母さんがふり返る。

「何百と集まる鳥」

「……かなりの影響力があった集団かもしれないわね」

「猟銃使いが出てきた」

「……そうね。過激なことをしていたのかもしれない。もしかしたら、だれかをひどく傷つけていたのかもしれない。……私にはなにも教えてもらえなかった。ベンジャントが森の仲間たちに対して、どんな感情を抱いていたのかもわからなかった。結局私はなにも知らされないまま、ベンジャントの手で森の外に追い出されたわけね……。ベンジャントは最後の最後まで、秘密をこんな寂れた墓の下まで持っていってしまったのね……」

「四十年経ったいま、真実を知りたいですか？」

ハルタが静かにいい、伯母さんが顔を上げる。ハルタが手にしているのは花巻駅の本屋で買ったエスペラント語の辞書だった。辞書をぺらぺらとめくって、折り目をつけていた場所で指を挟む。

「こうしてエスペラント語の辞書を手に取ってさえすれば、すべての謎が解けたんです。森の仲間たちの名前をこっそりつけたのはベンジャントだったはずです。当時のベンジャントが森の仲間たち——とある左翼闘士のグループをどう捉《とら》えていたのか、辞書を読めばわかったんです」

左翼闘士。わたしにはわからない言葉が出てきた。

「……どういうこと？」伯母さんが動揺しながらいう。

「ベンジャントは仲間であって仲間ではない。擬態をしていたんです。リーダーのラビストーオ、鳥使いのペラントーオ、猟銃使いのモルテ。ベンジャントは彼らの実態と自分の正体をエスペラント語で暗喩していたんです。だれにもわからない言葉で、簡単に調べられない言葉で、墓の下まで持っていくつもりの言葉を使って——」

伯母さんは不安を浮かべた目で見返していた。わたしは思わずハルタに聞く。

「え？　なんなの？　じゃあラビストーオは？」

「rabisto。強盗、おいはぎ」ハルタが辞書をめくりながらこたえる。

「ペラントーオは？」

「peranto。斡旋《あっせん》者、仲介者」

「……モルテ？」

「モルテジントーオがある。たぶんこれだ。Mortiginto。殺人者」

伯母さんの顔がみるみる震え、青ざめていく。「教えて。ベンジャントはいったいなにを意味するの？」

「……ven`ganto。復讐者《ふくしゅう》」

伯母さんはまぶたを閉じて、込み上げてくるすべてを抑え込むように深呼吸した。肩が上下して、頬に一筋の涙が流れ落ちた。次々とあふれてきて、とまらなかった。「あのひとが……。なんで？　私たちがやってきた運動は……」

芹澤さんが茫然《ぼうぜん》と伯母さんを見つめている。息をつめた沈黙は長い間つづき、

「じゃあベンジャントはどうして伯母さんの首を絞めたりしたの？」

伯母さんの初恋話を思い出す。やさしいベンジャント……。わたしにはすべての意味は理解できないけれど、ふたりの初恋は信じたかった。朝霧さんがこたえようとする前に、まだ訳されていないエスペラント語に気づいたわたしは首を横にふって口を開く。

「ハルタ。伯母さんの名前――ポウラステロの意味を教えて」

「pura stelo。汚れていない星」

「だったらベンジャントは飲み込もうとした塩むすびを吐き出させたんじゃなかったの？だから伯母さんはいま、ここに立っている」

辞書を閉じたハルタが、わたしのあとを継いでくれる。

「ベンジャントはポウラステロを守りつづけていたんです。好きになった彼女が森の仲間たちのように汚れてしまう前に、彼が追放に導いたんです。彼女はそれからオーストラリアに渡って、自分の手に届く光を見つけることができた。これで森の寓話――伯母さんの初恋の物語は終わりです」

伯母さんはお墓の前で崩れ落ちてすすり泣いている。そんな伯母さんの背中に芹澤さんが屈んで手を添えた。きっと朝霧さんを見上げ、抑えた声でいった。

「伯母さんの初恋は……本物だったのね？」

「鑑定書付の本物だ」

朝霧さんがこたえると、芹澤さんは伯母さんの背中に視線を戻した。そしてだれにともなく、ありがとう、私もここにきてよかった――とつぶやいた。

田に水を引く人たちが　抜き足をして林のへりをあるいても
南のそらで星がたびたび流れても
べつにあぶないことはない
しづかにやすんでいい筈《はず》なのだ

伯母さんがお墓の前で手を合わせて最後に暗唱した詩だった。おまえはなんのために生きているのか？　いままで安穏と過ごしてきて恥ずかしくなかったのか？　そんなまともにこたえられない質問が蔓延した時代。なにが正しくて、なにを生み出せるのかもわからなくて、一度はじめたことをやめられなくなってしまった若者たちがいた時代。その中で、道を誤ってしまったひとたち……。ベンジャントに守られた伯母さんは、最後まで汚れずに夢を叶《かな》えることができた。四十年経って明かされたその真相と、伯母さんの誤解を解いた真実に救いを覚えた。

——

帰りの新幹線がゆっくり動き出して、わたしは窓際の席で頬杖《ほおづえ》をつく。

(本当に日帰りするつもりなの？　交通費も宿泊代も出すわよ)

花巻に残った伯母さんと芹澤さんの姿が脳裏に浮かんだ。ふたりは一泊するといっていた。練習を二日も休むわけにはいかないので、それはハルタと丁重に断り、朝霧さんはしぶしぶわたしたちに従う形になった。

そのふたりは反対側のシートで肩を並べてすでに眠りこけている。昨日からふりまわされて大変だったから、お疲れ様といいたかった。

現実に戻ったわたしは鞄《かばん》から譜面を取り出して眺める。駅のロータリーで練習したとはいえ、集中できた時間は短かったし、今日一日でかなりの後れをとってしまった気がする。コンクールの予選大会の日は近い。いま頃はみんな、きっと猛練習をしている。明日は朝一から学校に行って頑張ろう。

自由曲をイメージしながら譜面の音符を目で追った。途中で何度もフルートのパートがイメージから離れてしまう。まだわからない記号もある。駅のロータリーでは感覚的になにかをつかみかけたのに……。

せっかく芹澤さんが気づかせてくれたのに、わたし、だいじょうぶなんだろうか？

下手がどんなに努力しても駄目なんだろうか？

このままだと、本当にみんなの足を引っ張るんじゃないだろうか？

成島さんやマレンの顔が浮かんできて、ひとり洟《はな》をすすって目元を拭う。

「らしくないわね」

いきなり譜面を後ろから取り上げられて、ふり向く。

「誤解しないで。約束を思い出したから、仕方なく一緒に戻ることにしたの。あなたを見ていると心配でしょうがないわ」

そこに芹澤さんが息を切らして立っていた。彼女が隣の空いている席に遠慮なく座ってきたので、わたしは思いっきり抱きついた。

〈主要参考文献〉

『関西地学の旅　宝石探し』　野村順一　大阪地域地学研究会著　東方出版
『天然石と宝石の図鑑』　松原聰監修　塚田眞弘著　日本実業出版社
『102歳の嫉妬』　鎌田孝志　他著　大洋図書
『介護のあした』　信濃毎日新聞社編　紀伊國屋書店
『五分の魂』　ファーブルが知らなかった虫の話　奥井一満著　平凡社
『においのはなし』
　アロマテラピー・精油・健康を科学する　荘司菊雄編著　技報堂出版
『新左翼運動40年の光と影』　渡辺一衛・塩川喜信・大藪龍介編　新泉社
『連合赤軍事件を読む年表』　椎野礼仁編　彩流社
『エスペラントの話』　三宅史平著　大学書林
『エスペラント小辞典』　三宅史平編　大学書林

参考文献の主旨と本書の内容は別のものです。また本書執筆にあたり、この他多くの書籍やインターネットのHPを参考にさせていただきました。

解説　強さと優しさの詰まったユーモアミステリ、あります。

大矢博子

昔、小説のセリフをアレンジしたこんなコピーが流行《はや》った。

「男は強くなければ生きていけない。優しくなければ生きる資格がない」

うん、なるほど確かにシビれる。かっこいい。流行るの、わかる。

でも、ちょっと待って。いったい強さって、何？　優しさって？

私なりの答えはこうだ。

強さとは、知性である。優しさとは、想像力である。

危機に面したとき、慌てずに正しく状況判断できる知識と、その知識を系統立てて使える知恵。それを強さと呼ぶのではないか。

目には見えない他人の心や背景を、我がことのように受け止め、思いやれる想像力。それを優しさと言うのではないか。

そして、物語を読むという行為はジャンルを問わず、この知性と想像力を——強さと優しさを、知らず知らずのうちに養ってくれる先生のような存在と言っていい。知性の意味や想像力のしなやかさが、笑ったりドキドキしたり泣いたりしてるうちに、頭ではなく心へ直接入ってくる。心の中でさらに広がる。それが読書というものだと思う。

そんな知性と想像力が——強さと優しさがたくさん詰まった物語はありませんかと問われたら、相手を選ばず私が真っ先に推す作品がある。それがこの〈ハル&チカ〉シリーズだ。

本書『初恋ソムリエ』は〈ハル&チカ〉シリーズの第二弾となる。が、ジャンルを一言で言うのは難しい。高レベルな本格ミステリにして胸キュンの青春小説。数行ごとに吹き出すほどのユーモアミステリであると同時に骨太な社会派。ライトノベルもかくやという個性的な奇人変人キャラクタが訴えるのは、意外なほど地に足のついたメッセージ。どこからでもかかってきなさい、と言いたくなるほど全方位のミステリシリーズなのだ。

主人公はチカちゃんこと穂村千夏。前作『退出ゲーム』(角川文庫)で清水南高校一年生だったチカちゃんも晴れて二年生になった。中学時代は熱血バレーボール部で転げ回っていたが、高校に入って心機一転、フルート片手に吹奏楽部で女らしさを追求しているところ。しかし腕前のほうは、えっと、なんというか、その……うん、そっと彼女の肩を叩《たた》いて「いつかきっといいこともあるよ」と言ってあげたい。そんな感じ。

ハルタこと上条春太はホルン奏者で、やはり吹奏楽部に入っている。こちらの腕前はなかなかのモノだ。女性には一生不自由しなさそうなイケメンで頭脳明晰《めいせき》。幼なじみのチカちゃんとは、吹奏楽部名物どつき漫才のコンビでもあるし、顧問の草壁信二郎先生を巡る恋のライバルでもある。

……今、何かひっかかった人もいるだろうが、気にせず先に進むよ。

この二人の絶妙なコンビネーションが、前述の〈全方位の魅力〉の鍵《かぎ》だ。

『退出ゲーム』を既に読まれた方はご存知の通り、学校内外の事件をハルタが解き明かすたびに名物部員がひとり加入する、というのがここまでのパターン。『南総里見八犬伝』が発想の元だと聞いて膝《ひざ》を打った。

本シリーズが八犬伝なら、さしずめハルタの珠《たま》は「智」だろう。女子生徒のちょっとした仕草や特徴から彼女の事情を見抜く「スプリングラフィ」、引きこもりの生徒が何をしているのかを突き止める「周波数は77.4MHz」、一ヶ月に三度も為《な》された席替えの理由を探る「アスモデウスの視線」、四十年前の初恋の真相を推理する「初恋ソムリエ」。どこから仕入れて来るんだと思うような多岐にわたる雑学と、その知識を組み合わせて意外な結論を導き出す知恵がハルタの真骨頂だ。

その謎解きは本格ミステリファンをあっと言わせるに充分だが、ハルタの「智」はただ賢《さか》しらに真相を暴いてよしとするものではない。「アスモデウスの視線」である人物の秘密を知ったハルタは草壁先生にこんなことをこぼす。

「ぼくは、（中略）あのひとを追いつめてしまったんでしょうか」

頭はいいし知識も豊富。本書でも地質学から生活史、文学に至るまで、幅広い雑学が噴出する。けれど経験が足りない。超人的な名探偵の多い本格ミステリの世界にあって、ハルタは未熟だ。彼は、いや高校生たちは、真相を見抜くまではできても、そこに出現した問題を解決する術《すべ》を持たない。それをカバーするのが草壁先生であり、他の大人たちである。ここに本シリーズの大きな特徴があるのだが、それは後述。

さて、ハルタの珠が「智」なら、チカちゃんは「信」が似合う。灰色の脳細胞を持つハルタを、事件に引っ張り込むのがバラ色の脳細胞の持ち主、チカちゃんである。

何にでも首を突っ込み、困ってる人を見れば真正面から同情し、助けを求めてる人がいれば後先考えず助けに突っ走る。それがチカちゃんだ。嫌なことがあったらヘコむけど、友達が慰めてくれたらソッコーで回復。落ち込んでる暇があったら努力するほうがいいということを、本能で知っている少女。仲間のからかいには「あはは」と笑いながらイッパツお見舞い。くよくよせず、こだわらず、へこたれず、明るくて、周囲も明るくして、まあぶっちゃけて言えば天然で——何より真っすぐで。

『退出ゲーム』を読んだとき、「ああ、私がなりたかったのは、こんな女の子だ」と溜息《ためいき》が出た。五十の坂も近いオバサンの私だが、チカちゃんは私の心の師匠である。今からでも間に合うなら、チカちゃんみたいな女子高生になりたい。間に合いませんかそうですか。

本シリーズは学園小説でありながら、病気や老い、マイノリティへの軽視や差別といったシビアな社会問題が繰り返し取り上げられる。そんな重いテーマを、軽やかにふんわりとくるんでくれるのがチカちゃんだ。重さをしっかりと受け止め、他人の痛みを自分のことのように感じ、一緒に泣きながら「わたしがついてるから、わたしにできることは何でもするから」と言ってくれそうな女の子。チカちゃんがいてくれても多分問題は解決しないんだが、そう言ってくれることで重荷が半分になる。いや、それ以下になることもある。チカちゃんは各編の持つテーマの質量は変えず、けれど手に持ったときの重さを軽くして、読者に届けてくれる重力変換装置搭載の女子高生なのである。

ハルタの知性。チカが持つ他者への想像力（時々妄想力・しかも暴走気味）。これほど強さと優しさを備えたコンビは、ちょっといない。

強さと優しさを持つのは、この二人だけではない。物語そのものが強さと優しさに満ちていると言っていい。このシリーズには――いや、初野晴の書く青春ミステリには、大きな特徴があるのだ。

それは、人生はこの先も続く、というメッセージ。

「周波数は77.4MHz」に、こんなシーンがある。力不足を認識した吹奏楽部員たちが、もっと練習したいと言い出す。普門館（吹奏楽の全国大会）を目指す高校生たちだもの、スポ根さながらのいかにも青春な場面だ。しかし草壁先生はそれを止める。

「普門館は大事だと思う。でも、その後の人生のほうがもっと大事だ」

高校というのは、おおよそ似たような環境の子が集まる場所だ。そのときはそれが世界のすべてだから、つい近視眼的になる。けれど大人は知っている。この後にはもっと広大で、もっと理不尽な世界が待っていることを。だからこそ、高校生というきらめくような年頃に、あらゆることを貪欲《どんよく》に吸収し、充分に将来への力を蓄えておかねばならないということを。

本シリーズで扱われる事件が校内の問題にとどまらず、高校生の手に余るものが多いのはそのせいだ。前述した「高校生たちは、真相を見抜くまではできても、そこに出現した問題を解決する術を持たない」というのは、ここに繋《つな》がる。高校生だけで解決できる範囲は限られている、という厳しい現実を登場人物だけでなく読者にも突きつける。最終的な解決には、大人が必要になる。

これはある意味、青春小説・学園小説の読者にとっては裏切りかもしれない。主人公の高校生にこそ、活躍して欲しいと思うかもしれない。しかし、間違ってはならない。

大人は、そのために存在するのだから。

今は高校生のハルタもチカも、いずれは大人になる。彼らが高校生を助ける側にまわるのである。そのとき、間違わずに子どもを助けられる力と優しさを持った大人になるために、本書では〈大人の助け〉が不可欠なのだ。主人公は確かに高校生だが、人生の先輩や困難に立ち向かう人への敬意が、本シリーズには込められていると言っていい。

なお、表題作で芹澤の伯母《おば》が経験した森の生活の意味がピンとこないという若い読者は、巻末の参考文献のページを参照されたい。そこにヒントがある。高校生たちの「この後の人生」が大事なのと同様に、大人にとっての「これまでの人生」もまた、大切なものなのだ。

本シリーズはこのあと、吹奏楽部が大会へ出場する『空想オルガン』へと続く。いよいよステージに立つ彼らを、どうか応援されたい。やはりいろんなトラブルがあり、解決できずに足掻《あが》いたりもするが、彼らの知性と想像力は——強さと優しさは、まるで吹奏楽の音色のようにどんどん遠くまで響き、広がっていくのを堪能《たんのう》できるだろう。

さらに嬉《うれ》しいことに、その続きも現在「デジタル野性時代」で連載中だ。彼らが今後どうなるのか、楽しみでしかたない。高校は三年間のリミット付きというのがファンとしては歯痒《はがゆ》い限りだが、大学生や社会人になったハル&チカとどこかで会えるかもしれないと、ちょっとわくわくもしている。だって、人生はこの先も続くんだから。

本書は二〇〇九年九月に小社より刊行された単行本を文庫化したものです。

初《はつ》恋《こい》ソムリエ

初《はつ》野《の》 晴《せい》

平成23年 7月25日　初版発行
令和7年 9月30日　20版発行

発行者●山下直久

発行●株式会社KADOKAWA
〒102-8177　東京都千代田区富士見2-13-3
電話　0570-002-301(ナビダイヤル)

角川文庫 16936

印刷所●株式会社KADOKAWA
製本所●株式会社KADOKAWA

表紙画●和田三造

ISBN978-4-04-394455-2　C0193

角川文庫発刊に際して

角川源義

第二次世界大戦の敗北は、軍事力の敗北であった以上に、私たちの若い文化力の敗退であった。私たちの文化が戦争に対して如何に無力であり、単なるあだ花に過ぎなかったかを、私たちは身を以て体験し痛感した。西洋近代文化の摂取にとって、明治以後八十年の歳月は決して短かすぎたとは言えない。にもかかわらず、近代文化の伝統を確立し、自由な批判と柔軟な良識に富む文化層として自らを形成することに私たちは失敗して来た。そしてこれは、各層への文化の普及滲透を任務とする出版人の責任でもあった。

一九四五年以来、私たちは再び振出しに戻り、第一歩から踏み出すことを余儀なくされた。これは大きな不幸ではあるが、反面、これまでの混沌・未熟・歪曲の中にあった我が国の文化に秩序と確たる基礎を齎らすためには絶好の機会でもある。角川書店は、このような祖国の文化的危機にあたり、微力をも顧みず再建の礎石たるべき抱負と決意とをもって出発したが、ここに創立以来の念願を果すべく角川文庫を発刊する。これまで刊行されたあらゆる全集叢書文庫類の長所と短所とを検討し、古今東西の不朽の典籍を、良心的編集のもとに、廉価に、そして書架にふさわしい美本として、多くのひとびとに提供しようとする。しかし私たちは徒らに百科全書的な知識のジレッタントを作ることを目的とせず、あくまで祖国の文化に秩序と再建への道を示し、この文庫を角川書店の栄ある事業として、今後永久に継続発展せしめ、学芸と教養との殿堂として大成せんことを期したい。多くの読書子の愛情ある忠言と支持とによって、この希望と抱負とを完遂せしめられんことを願う。

一九四九年五月三日